LE NUMÉRO 113,

OU

LES CATASTROPHES

DU JEU.

DE L'IMPRIMERIE DE J. GILLÉ,
rue Saint-Jean-de-Beauvais, N.º 18.

.... Je les adore, Je les pleure,
et mes larmes intarissables sont mes offrandes.

Page 173

Dessiné par Debret.   Gravé par Cussart.

LE

NUMÉRO 113,

OU

LES CATASTROPHES

DU JEU.

HISTOIRE VÉRITABLE,

PUBLIÉE PAR P. CUISIN.

SECONDE ÉDITION,

Revue, corrigée, et augmentée de nouveaux faits qui tiennent à l'histoire des jeux et des joueurs en général.

Je te loue, ô destin, de tes coups redoublés,
Je n'ai plus rien à perdre, et tes vœux sont comblés.
REGNARD.

A PARIS,

Chez PLANCHER, rue Serpente, N.º 14.

1815.

AVANT-PROPOS.

DE

L'ÉDITEUR.

L'ACCUEIL distingué et flatteur dont le public a bien voulu honorer la première édition de cet ouvrage, et la promptitude avec laquelle elle a été épuisée, nous mettent dans l'agréable nécessité de lui donner cette SECONDE ÉDITION. Nous l'avons corrigée, examinée avec soin; et, après avoir fait disparoître certaines fautes légères inséparables d'une première composition, nous avons cru de-

a

voir étendre encore plus certains traits de moralité, comme certains épisodes curieux qui ne laissent pas que de se rattacher essentiellement à la sphère du jeu, et qui ne pourront manquer, par l'effet des vives couleurs sous lesquelles ces mêmes traits sont présentés au lecteur, de redoubler son horreur pour cette passion funeste.

Sans altérer en rien la partie historique des aventures de M. de Sélicourt, l'infortuné héros de cette HISTOIRE VÉRITABLE, nous avons cru devoir, et toujours dans un but moral, y lier quelques nou velles circonstances des originalité sans nombre du jeu et des joueur en général, dans la double vu

d'ajouter à l'intérêt de cette lecture, et à-la-fois d'inspirer une
sorte de terreur et de dégoût à
ceux qui, insuffisamment convain-
cus par l'expérience d'autrui, seroient encore assez insensés pour
tenter les hasards sur ce théâtre
mêlé d'écueils et de précipices.

Si, sous un autre point de vue,
on doit sans cesse, en bon citoyen,
metttre en rapport les productions même les plus légères de
l'imagination avec l'esprit du Gouvernement, nous avons pensé qu'un
livre moral étoit la plus sûre manière d'y parvenir, et que le plus
beau tribut de respect, d'admiration et d'amour dont un auteur
pouvoit faire hommage à son Roi,

étoit pour lui de tendre toujours
dans ses écrits vers la moralité publique, vers les exemples de grandeur
d'âme, de vertu éclairée dont son
SOUVERAIN LÉGITIME lui offroit en
ce moment un si rare modèle :
nous avons donc cru ici ne pas mé-
connoître le principal mérite d'un
Editeur, qui consiste, ce nous semble, dans le choix judicieux des
compositions qu'il se charge de
faire passer à l'impression : que les
lois de son pays ; que le prince,
la décence, la langue, soient toujours respectés dans ses spéculations littéraires ; que le bien public,
auquel tout ouvrage doit tendre,
ne cesse jamais d'être son guide et
son mobile, et alors il ne pourra

manquer de recueillir les suffrages de l'estime générale.

D'un autre côté, du moment que les bonnes mœurs, l'impulsion donnée par le Gouvernement, loin de souffrir la moindre lésion dans telle composition d'imagination qne ce soit, y trouvent au contraire un point d'émulation profitable, on doit augmenter sa publicité, ainsi que celle de tout ouvrage qui offre d'heureux résultats en morale.

Quel beau moment, d'ailleurs, pour donner essor à toutes les intentions honnêtes, que celui où le triomphe universel de la vertu sur le crime, le génie du mal terrassé, le pouvoir légitime assis

partout sur les ruines de l'usur-
pation, en proclamant le véritable
Souverain de la patrie, aussi grand
que paternel, ouvre à-la-fois tous
les canaux de l'industrie, rend sa
tiare à la religion, la liberté aux
lettres, et brise en même temps
tous les freins qu'un ingénieux
despotisme avoit mis sur toutes les
idées libérales !..... L'honneur
des Nations étant vengé, et tout
étant rentré dans ses limites naturelles et légitimes, il faut néces-
sairement que les plus petites ra-
mifications d'un si beau système
l'imitent et s'en ressentent ; il faut,
dis-je, qu'un si beau sol ne pro-
duise que de beaux fruits. De ces
réflexions générales je descen-

drai donc à cet opuscule (le Numéro 113), qui nous paroît avoir
atteint le but qu'on s'est proposé,
sous le triple point de vue de la
moralité publique, des exemples
frappans qu'il donne, et des efforts continuels de l'historien, pour
faire connoître dans son plus grand
jour, souvent sous les traits du ridicule et de la caricature, la dif-
formité du vice du jeu, ainsi que
les bizarres et superstitieuses originalités du joueur de profession.

Cette éphéméride (le N.º 113),
il est vrai, sans prétention comme
sans consistance, n'en a pas moins
un cachet dont tout moraliste et
tout observateur peut tirer quelque utilité. On conviendra qu'on

ne sauroit jamais inspirer plus
d'horreur pour cette funeste passion, à ceux qui en sont atteints,
que par la peinture même des malheurs qui ne manquent pas de
marcher à sa suite et en sont plutôt
inséparables. Le bouleversement
des fortunes, des idées religieuses ;
l'altération de toutes les affections
tendres et nobles, le suicide même,
et tous les écarts les plus monstrueux de l'imagination de l'homme, sont les tristes fruits qu'il ne
recueille que trop souvent de cette
cruelle passion de jouer, de cette
fureur incurable de ne se com-
plaire que dans des émotions toujours inquiétantes, et de se placer
continuellement dans l'alternative

douloureuse d'une grande prospé-
rité ou d'une ruine totale.

Donnons donc des éloges à l'auteur ou au producteur de cette
Histoire, véritable ou non, dont
les sages intentions, en plaçant le
joueur dans diverses scènes de son
théâtre, et lui faisant jouer plusieurs rôles de son caractère, nous
l'offrent, si je puis m'exprimer
ainsi, dans toute sa nudité, et ne
peuvent manquer d'inspirer, si
toutefois les passions sont susceptibles d'être corrigées, la terreur
de lui ressembler.

Ainsi, que le Numéro 113, ou
les Catastrophes du jeu, soient
une fiction, un assemblage de faits
de pure imagination, et nullement

une histoire véritable, publiée seulement par M. Cuisin, peu doit nous importer, encore moins la source où il a puisé ses matériaux : plaise à Dieu que nous ne soyons trompés que dans de tels desseins, et que les seules illusions dont on veuille captiver notre imagination, pour fixer notre intérêt comme notre attention sur une nouvelle production, n'aient jamais d'autre but que des essais en morale ! nous ne laisserons pas que d'y applaudir, et nous accueillerons une heureuse imposture qui ne peut produire que du bien.

Le *Joueur* de Regnard, le *Beverley* de Saurin, la *Satire* de Boileau sur la Brelandière, ont en vain, dira-t-on, frappé ou ému nos sens; les vices n'ont jamais changé que de modifications, sans qu'on détruisît leur berceau et leur principe, qui est dans la nature senle ; seroit-ce une raison pour abandonner toute espèce de tentatives, laisser aller le torrent des imperfections humaines, sans chercher à le resserrer dans un lit plus étroit ? Non, sans doute ; et, malgré que cette bagatelle (le Numéro 113) ne puisse pas, je crois, se glorifier jamais de faire faire un grand pas à la morale, du moins mettra-t-elle peut-être sur la voie des écrivains plus habiles qui acheveront cette épreuve, et porteront de plus grands coups à la passion de jouer, en employant d'autres armes que celles du ridicule, qui sont peut-être, en grande partie, les seules mises en usage ici.

A. U.

LE NUMÉRO 113,

OU

LES CATASTROPHES

DU JEU.

CHAPITRE PREMIER.

Exposition des motifs que j'ai d'écrire ma propre histoire.

LE mal incalculable que je me suis fait à moi-même, à ma famille, enfin aux personnes qui m'étoient le plus chères, m'inspire aujourd'hui le dessein de les venger en quelque sorte, par l'aveu public de mes propres égaremens, pour ne pas dire de mes déréglemens honteux. Ma fortune patrimoniale, celle de ma femme, de mes enfans, de mes plus proches parens, englouties dans le gouffre que j'ai creusé de mes propres

I

mains, égaré comme je l'étois par la
fureur du jeu ; l'infamie, le vide affreux
que je recueille comme un odieux héritage de cette fatale passion, voilà les
titres flatteurs que j'apporte à l'indulgence et à l'intérêt du lecteur ; titres
flétrissans qui ne sont que trop réels
par l'exactitude des événemens que
je vais lui raconter. Plaise à Dieu que
cette espèce de confession, où j'expose
les erreurs de ma vie toute entière,
et sans ménagement pour mon amour-
propre, en faisant une sorte de diver-
sion et de suspension aux reproches
que me fait ma conscience, devienne
pour le public, surtout pour les jeunes
gens de famille dont la fortune et les
mœurs n'ont pas encore été entièrement altérées par la passion infernale
du jeu, un avertissement salutaire qui
les fasse reculer d'horreur et d'effroi !...
Ne dois-je pas faire des vœux ardens
pour que la narration de mes malheurs
trop mérités, la peinture fidèle de toutes

les vicissitudes que j'ai essuyées, soient
à leurs yeux une sorte de spectre, d'Eu-
ménide vengeresse qui les glace d'épou-
vante, et fasse qu'ils fuient le précipice sur les bords duquel leurs pas en-
traînés vont bientôt les placer entre
l'alternative du suicide ou du déshonneur !.... Oui, hommes de tous les
âges, de tous les rangs, gardez-vous de
vous appitoyer sur moi ; ce n'est point
votre vaine commisération que je veux
provoquer ici ; ma propre estime, que
j'ai perdue, m'en rend indigne, et je
sens d'ailleurs que mes torts sont aussi
peu susceptibles de pardon, que mes
infortunes sont irréparables : ce sont les
écueils que je vous vois affronter qui
m'épouvantent pour vous ; c'est, dis-je,
le cri même de ma conscience qui con-
duit ma plume et m'inspire le généreux
projet de vous sauver de vous-mêmes.
Fuyez donc, fuyez le monstre que vous
caressez dans votre délire insensé !!...
Ne voyez-vous pas les piéges grossiers

tendus à votre cupidité ?.... Les mille
et mille exemples de désastre et de
désespoir qui vous environnent, pour
quelques prospérités éphémères, ne
vous dessillent-ils point les yeux ?....
Comment!...mes conseils,mes cris même
ne suspendent pas une minute, n'attié-
dissent pas en vous cette soif ardente
de jouer pour perdre, de prodiguer
votre or, dans l'espoir, toujours déçu,
de le doubler !.... Vous continuez de
vouloir être les premiers artisans de
votre désastre..... Vous êtes comme
affamés de votre propre ruine !... Eh
bien, suspendez donc au moins quelque temps un acharnement si cruel à
vous-mêmes, pour lire les affreux détails
que j'ai à exposer sous vos yeux, détails
dont la turpitude rejaillira sur vous, si
vous persistez dans votre égarement;
et dites ensuite si le malheur peut employer, pour accabler et avilir un homme, des recherches plus ingénieuses
que les séductions du jeu !

CHAPITRE II.

Ma naissance , ma famille , mon éducation et mes premières inclinations dévoilées.

Né en 1777, de riches parens, dans une des provinces méridionales de la France, une partie de ma famille y occupoit un rang distingué dans la magistrature : l'honneur m'ordonne de taire ici le nom de mon père ; mon ingratitude et mon inconduite le déshonorent assez, sans que ma plume indiscrète et peu respectueuse vienne faire ici des révélations déplacées et injurieuses à sa mémoire.

L'union de mes chers, de mes dignes parens , avoit eu pour base tout ce qu'il y a d'aimable et de respectable dans le monde : beauté, vertus, richesses, grâces et naissance d'un côté ; esprit, talent, honneur, intégrité de l'autre ; tous

les dons enfin de la nature et de la fortune concoururent à l'envi pour former
dans les auteurs de ma naissance un
couple parfait. Ma modestie et les convenances permettront-elles que je dise
ici que je participois d'eux sous le rapport des qualités physiques seules, il est
vrai ; et que l'élégance de ma taille,
comme la noblesse et la régularité de
mes traits, laissoient fort peu de chose
à désirer. Si je le fais, c'est moins par
foiblesse ou par orgueil, que pour con-
tenter le goût et les idées puériles d'une
foule de lecteurs et de maintes lec-
trices, qui ne prennent en affection un
héros de roman qu'autant que la nature ou son père putatif, l'auteur, l'a
revêtu de tous les attributs de la beauté
et de la valeur ; il ne faut rien moins
qu'un Apollon pour leur plaire ; que
Grandisson soit, en comparaison de
ces êtres imaginaires, un homme sans
délicatesse ; que les productions et les
chefs-d'œuvre de Voltaire, à côté de

leur prose boursoufflée et gigantesque,
ne soient que de faux clinquants sans
véritable éclat. Ce n'est point du tout
sous ces comiques et ridicules impos-
tures que je veux captiver l'attention
dans le cours de mon narré ; les personnes qui y chercheroient également
des coups de surprise de mélodrames
ou des intrigues souterraines et caver-
neuses, doivent de suite quitter la lecture de ce livre, car il ne renferme pas
de ces aventures et de ces mensonges
aussi grotesques qu'invraisemblables.
Cette digression presqu'involontaire me
ramènera-t-elle facilement au texte de
mon chapitre, qui doit offrir l'heureux
hymen de mes parens ?.. Dire encore
que leur mariage eut lieu dans le plus
bel appareil, entrer dans des explica-
tions à cet égard, m'éloigneroit toujours
de mon but principal ; ainsi annonçons
de suite, et sans préambule inutile, que
je fus le premier fruit d'une si belle
union.

Ma mère, que je désignerai désormais, pour l'intelligence du lecteur, sous le nom de madame Hortense de Sélicourt, me vit à peine au monde, qu'elle me considéra non-seulement comme un autre elle-même, mais comme un trésor que toutes les richesses imaginables ne sauroient égaler dans son esprit prévenu : je devins pour son amour excessif la sphère unique dans laquelle elle renferma ses plus douces, comme ses plus chères affections, et hors laquelle son cœur ne trouvoit plus qu'un vide immense; la ressemblance parfaite de mes traits avec ceux de mon père, mes grâces naïves, mes heureuses dispositions dans mon enfance, mes espiégleries et mes saillies, qui annonçoient, m'a-t-elle dit souvent, un esprit fort prématuré, flattoient infiniment son amour-propre, et lui faisoient concevoir en moi le présage d'un sujet brillant qui justifieroit un jour toutes ses aveugles prédilections; son amour enfin

s'étoit comme enrichi d'un second objet
de la passion qu'elle avoit conçue pour
son époux, et ce sentiment, loin d'y
être nuisible, ne faisoit au contraire que
resserrer les nœuds de l'amour et de la
fidélité qu'elle lui portoit.

Devois-je ainsi récompenser tant d'attachement de la part de madame de Sélicourt, qui prodigua tous les soins imaginables pour perfectionner mon éducation ; qui veilla elle-même à ce que
les maîtres qui me furent donnés par la
suite me fissent faire des progrès réels
dans mes études, comme dans les arts
d'agrément que j'ai cultivés avec beaucoup de succès et de facilité ! Je ne dois
pas omettre une circonstance qui contribua beaucoup à me rendre encore
plus cher à madame de Sélicourt, et à
faire réunir sur moi toute sa tendresse :
j'avois joui peu de temps du bonheur
d'avoir une sœur ; elle mourut en bas
âge ; cette perte mit en deuil le cœur
trop sensible de ma mère, et ses yeux

ne cessèrent de verser des larmes qu'en se tournant vers moi, comme l'unique consolateur de ses chagrins, et le seul possesseur de ses sentimens. Peu à peu sa douleur profonde s'évanouit, je puis dire, dans les caresses qui me furent prodiguées ; et les regrets que lui coûta la perte de sa fille devinrent pour moi un surcroît d'amour, aussi-bien que de tendres inquiétudes.

J'aurois bien voulu éviter ces particularités sur les sentimens et la foiblesse de madame de Sélicourt pour son fils, et ne pas cesser de concentrer sur moi seul l'attention dans le cours de mon histoire, comme en étant l'infortuné héros ; mais cette excessive indulgence de ma mère pour mes défauts n'ayant pas laissé de contribuer implicitement au développement secret et à l'essor de mes penchans favoris, mon amour pour le jeu, j'ai cru devoir m'appuyer quelques instans sur cette légère esquisse de son caractère.

Quant à mon père, magistrat distingué, jaloux de sa réputation d'habile jurisconsulte, et dont le temps étoit entièrement absorbé par les occupations de sa profession, il ne m'aimoit, pour ainsi dire, que superficiellement. L'attachement seul que me portoit ma mère étoit fixe, et capable de résister à toutes les vicissitudes de la vie : ce genre d'excès ne pouvoit manquer de faire de moi ce qu'on appelle vulgairement un enfant gâté. L'éducation la plus ornée, comme je l'ai dit, m'avoit été donnée ; mais je n'en cachois pas moins sous ce vernis des germes de vices qui brûloient d'éclore sous les auspices commodes de la liberté, ou, pour mieux dire, d'une licence sans frein. Les jeux de mon enfance avoient souvent donné des témoignages de mes inclinations funestes : mon précepteur m'avoit fréquemment réprimandé de certaines dispositions pour le jeu qui s'étoient manifestées dans des occasions indifférentes pour

des yeux moins judicieux que les siens ;
il en avoit même sagement averti ma
mère, qui lui avoit répondu : « Qu'il s'a-
« larmoit pour des chimères, et qu'elle
« prétendoit qu'on ne m'interdît pas
« des amusemens innocens. »

Mon précepteur, condamné au silence, dissimuloit son dépit et ses chagrins,
car ce mentor avoit conçu une véritable tendresse pour son élève. Permet-
tez, dit-il un jour à madame de Sélicourt, que, pour combattre votre in-
crédulité sur les soupçons que j'ai conçus de la passion secrète que monsieur
votre fils a pour le jeu, je fasse une petite expérience, et jurez-moi, madame,
que, lorsque vous n'en aurez plus de
doute, vous daignerez travailler de concert avec moi à l'en guérir. Soit, répon-
dit ma mère ; mais quels moyens allez-
vous employer ? De fort innocens et de
fort simples, ajouta-t-il, que le jour seul
de l'exécution, qui n'est pas prévu,
vous fera connoître. Dans la suite, ce

dialogue me fut rapporté par la femme
de chambre de madame de Sélicourt,
qui avoit tout entendu d'un cabinet
voisin. Effectivement, à peine s'étoit-
il écoulé quelques jours, après cette
espèce de défi, que, me trouvant atti-
ré sous quelque prétexte dans l'appartement de mon précepteur, j'y re-
marquai de suite, avec une douce surprise, une table couverte d'objets fort
agréables, surtout à la vue des jeunes
gens; il y avoit étalé plusieurs armes
fort riches, telles qu'épées, pistolets; ensuite des bijoux, comme bagues, mon-
tres; puis çà et là des jeux de cartes,
une roulette en miniature parfaitement
imitée, des dés, un tric-trac, des cor-
nets; tous ces derniers attributs de Lu-
cifer étoit adroitement groupés sur un
long drap vert qui offroit bien distinc-
tement la rouge et la noire, et toutes
ces embûches infernales désignées aux
dupes avides et inexpérimentés sous

les noms de pair, impair, passe, à che-
val, prison, etc.

Mes yeux étoient fixés sur ces brillans hochets, trop séduisans pour mon
jeune âge; je les regardois avec une envie secrète de les posséder, lorsque madame de Sélicourt entra, sans doute
adroitement dirigée par les petites ruses
de mon précepteur, que je ferai connoître ici sous le nom de M. Lorwey.

Que de belles choses ! s'écria madame
de Sélicourt en riant : comment et pourquoi toutes ces riches bagatelles et ce
singulier assemblage se trouvent-ils ici?
Hé bien ! mon fils, continua-t-elle, si
cependant vous aviez un choix à faire,
il ne seroit pas douteux, je pense. Mal-
heureusement la nature, que sais-je,
mes inclinations déjà difficiles à conte-
nir, se soulevoient en moi; ma main
s'étoit vivement dirigée, comme par
une impulsion aussi forte qu'invincible,
sur les seuls objets qui représentoient
des instrumens de jeux; mes goûts fa-

voris se trouvèrent donc aussitôt trahis ;
une roulette aussi mignonne que jolie,
plus précieuse à mes yeux que l'écrin
le plus brillant, étoit déjà pressée,
examinée et comme caressée dans
mes mains agitées de plaisir ; elle me
sembloit avoir les propriétés de ces
pièces magiques et merveilleuses, et
surtout de ces talismans que les romans arabes des *Mille et une Nuits*
ont enfantés avec tant de fécondité ;
enfin M. Lorwey pouvoit se glorifier
d'avoir pris en moi la nature sur le
fait, car mes goûts prédominans se
montrèrent alors dans toute leur vivacité et sans aucun déguisement. Son
petit triomphe, qui blessoit évidemment
l'orgueil maternel, fut complet. Eh
bien ! madame, s'écria-t-il, d'un ton su-
périeur, et, suivant son usage, aussitôt
armé de pied en cap d'une comparaison
et d'une citation : « C'est Achille dans
l'île de Scyros, qui caché et déguisé au
milieu des nymphes de cette île, sous

leurs habits, trahit son véritable sexe,
en se précipitant avec ardeur sur le
glaive, le bouclier et le casque ombragé
de plumes que fait exposer finement à
sa vue l'adroit Ulysse : là, c'est le con-
quérant, c'est le vainqueur de Troie
qui se décèle ; ici, moins héroïquement
et sous des formes moins élevées, c'est
le joueur de Regnard, peut-être un
autre Beverley, qui laissera encore loin
derrière lui ses modèles, et fournira
dans ce genre des spéculations pour les
auteurs dramatiques un original de
plus au théâtre. » Madame de Sélicourt,
piquée du procédé mortifiant et du petit succès de mon pédant, lui imposa
silence, en lui disant séchement que
cette imagination puérile et ridicule
ne prouvoit rien, et que d'ailleurs elle
préféreroit lui voir plus de dispositions
à faire éclore mes qualités tardives,
qu'à faire mettre au grand jour mes
petites imperfections ; expression in-
dulgente dont son amour aveugle pour

son fils voulut bien décorer mes vices naissans.

Ma petite pudeur ne s'alarma cependant pas beaucoup d'avoir laissé subtiliser le secret de mon foible, et m'emparant provisoirement de tous les jeux dont on s'étoit servi pour m'humilier, je m'esquivai à mon appartement d'une manière badine et furtive. Peu de minutes après, ma mère m'y fit demander : « Seroit-ce possible, mon fils (c'est ainsi qu'elle entama sa mercuriale), qu'à peine adolescent, vous ne méritiez que trop les imputations de votre précepteur ; que vos goûts, vos plaisirs, vos études mêmes, se ressentissent de cette passion qu'on vous attribue pour le jeu, et que votre imagination enfin, fût frappée de cette funeste empreinte ?.... » Je me justifiai bientôt facilement, en accusant M. Lorwey de rigorisme et même de pédanterie. Il n'avoit eu que trop raison pour qu'il

ne me devînt pas complètement import-
tun et même odieux : je jurai donc en
moi-même son expulsion et d'en con-
certer les moyens avec la femme de
chambre de madame de Sélicourt, mademoiselle Julie, et Labassette, mon
valet de chambre. L'heureux stratagême
de quelque bonne calomnie me paroissoit infaillible pour y réussir. Par
la suite, le caractère de ce Labassette,
vrai Frontin de comédie, se dévelop-
pera de lui-même ; ce nom de Labassette n'étoit d'ailleurs qu'un surnom de
guerre que je lui donnai une nuit que l'on
tailla chez moi secrètement un trente-un,
et où j'avois rassemblé à huis clos une
société d'intimes.

Revenons à madame de Sélicourt ;
elle fut bientôt persuadée (n'étant que
trop poussée par ses aveugles préven-
tions en ma faveur) que ses craintes
étoient outrées ; que M. Lorwey se for-
geoit de véritables chimères, et que sa

seule misantropie, par trop scrupuleuse,
avoit voulu présenter des amusemens
sans conséquence comme des habitudes
enracinées. La conclusion de ce petit
événement, qui avoit jeté quelque nuage
léger sur le front de madame de Sélicourt, finit donc à mon avantage ;
sa physionomie charmante s'éclaircit
bientôt : puis, me donnant plusieurs
baisers fort tendres, elle me quitta, avec
la persuasion, ajouta-t-elle, que l'avenir donneroit un démenti complet aux
sinistres prophéties de mon précepteur,
et que je me rendrois toujours digne
de l'attachement qu'elle se plaisoit à me
vouer tout entier. Toutes ces louanges
et ces expansions ne me présentèrent
que la douce espérance de pouvoir
bientôt tromper complètement mes
chers parens, sous le double masque
de l'hypocrisie et de la ruse. Le chapitre suivant fera voir le développement de mon caractère avec l'âge, et
que le serpent que je nourrissois dans

mon sein, pour être naissant, n'en devoit pas moins jeter bientôt le poison
le plus dangereux sur toutes les actions
de ma vie.

CHAPITRE III.

*Départ de M. Lorwey ; ma jeunesse ;
mon mariage ; mort prématurée de
madame de Sélicourt ; mon arrivée
dans la capitale.*

PLUSIEURS années s'écoulèrent sans
qu'il se présentât absolument rien de
remarquable dans leur cours ; si ce
n'est ma passion favorite pour le jeu,
qui devenoit de jour en jour un véritable volcan dans mon sein. Mes fougueux et fréquens écarts étoient autant
de coups portés à l'extrême sensibilité
de madame de Sélicourt, que de brê-
ches faites furtivement à ma fortune :
ces démangeaisons de jouer enfin, si je
puis m'exprimer ainsi, me dévoroient
jour et nuit ; je m'échappois souvent
avec une secrète impétuosité pour
aller faire des sacrifices dans tous les

temples où la fortune avoit établi son culte impie sous les noms séducteurs de pharaon, roulette, trente et quarante, etc. Dans ces ruineuses bacchanales, où mon or, au lieu de libations, étoit répandu avec profusion, j'ai invoqué mille fois la foudre céleste d'abîmer le prêtre, autrement dit le banquier, l'autel et ses insensés et fanatiques sacrificateurs ! . . . . Que dirois-je ! tout en me consumant en imprécations, je ne laissois pas de jouer toujours. Par la suite, dans certains voyages qu'on me fit faire chez l'étranger pour achever mon éducation, j'y contractai des dettes scandaleuses; je fis ces dangereuses excursions trop commodes pour ma passion chérie, sous les auspices trop indulgens d'un nouveau précepteur, dont l'existence ici, par son espèce de nullité, n'inspireroit aucun intérêt : qu'il suffise d'apprendre que M. Lorwey, dont l'austérité et le zèle si mal recom-

pensés d'ailleurs, avoient déplu à ma
mère, fut injustement remercié sur de
légers prétextes. Aidé de quelques amis
et de mon valet de chambre, homme
plein d'esprit d'intrigue, je sus si bien
faire jouer les rapports calomnieux, les
dénonciations insidieuses et perfides
auprès de madame de Sélicourt, qu'il
auroit de son propre mouvement abandonné un poste que l'injustice devoit
lui avoir rendu insupportable ; que l'on
y ajoute ensuite le déplaisir des morti-
fications et des mauvais procédés qu'il
avoit à souffrir de son élève, et on concevra sans difficulté les raisons de sa
retraite volontaire. M. de Sélicourt lui-
même, instruit de ce qui se passoit à ce
sujet, fut contrarié de voir l'harmonie
altérée dans sa maison ; il le pria donc
de se retirer. Toutefois, ce congé fut
donné avec toutes les formes qui pouvoient en adoucir l'amertume : présens,
remerciemens, lettres de recommandation, rien ne fut épargné de la part de

mon père pour alléger le chagrin non mérité qu'il causoit à M. Lorwey ; ce dernier eut ainsi lieu, tout en s'affligeant sur mon malheureux avenir, et plaignant l'aveuglement de ma famille, de se louer de la générosité de M. de Sélicourt.

Ce principal frein brisé, n'ayant désormais pour témoins que des confidens et même des complices fort indulgens, je pus bientôt me livrer à toute la chaleur de ma passion, devenue plus fougueuse par l'effet du joug même qu'elle avoit long-temps subi ; enfin je courois à ma perte avec une ardeur indicible ; mes pensées, mes songes, toutes mes habitudes furent frappés des images séduisantes que me représentoit le jeu ; elles m'étoient délicieuses, sous telles formes qu'elles m'apparussent : je crois même que, les pieds dans la vase d'un cachot humide, je m'y serois complu, si dans cet asile infect on y eût placé mon idole favorite, la roulette.

On n'aura point de peine à concevoir que je ne manquai pas de contracter cet air taciturne, distrait, préoccu-
pé, si familier aux joueurs de caractère
et de profession ; et, malgré que madame
de Sélicourt se fût souvent enorgueillie
de ma belle figure et de ma riche taille,
avantages dont son aveuglement seul
peut-être vouloit bien me revêtir, je
défigurai et ternis bientôt ces qualités
naturelles par une négligence et un
désordre dans ma toilette, par un
maintien indécent et une tournure libre,
qui, s'ils ne détruisoient pas tout-à-fait
en moi les dons qui constituent le joli
homme, l'assimiloient singulièrement au
mauvais sujet, en lui en donnant toutes
les manières, et m'attiroient fréquemment, de la part de certaines femmes
galantes, cet éloge honteux : « D'honneur, tu as l'air d'un joli scélérat. » On
pouvoit également dire de moi que
j'étois habillé comme le distrait ; parois-
sant revêtu préalablement d'un négligé

3

que je me proposois de quitter bientôt
et d'échanger contre un costume plus
décent.

En conséquence de tous ces défauts
évidemment reconnus en moi, et de mes
habitudes vicieuses, toutes les heures
passées sans jouer me paroissoient un
véritable larcin fait au bonheur; et, dans
mon sommeil, je ne dédommageois
mon imagination insensée de ces pri-
vations qu'en semant sur mon lit,
avant de m'endormir, des sixains de
cartes, sur lesquelles j'avois étudié toutes
les chances possibles; ensuite des sys
tèmes d'empiriques dans l'art meurtrier
de jouer, qui n'enseignoient, en ré
sumé, que la manière de se ruiner avec
méthode plus ou moins promptement.
Ma bibliothèque étoit infestée de ces
ridicules brochures, ainsi que de ces
combinaisons avec de petites figures
sur les intermittences bizarres de l
rouge et de la noire; voilà cependan
quels étoient les uniques mobiles d

mes folles rêveries et mes véritables
dieux pénates !!...

O joueurs de profession, cabalistes
superstitieux, martingalistes flegmati-
ques! et vous, banquiers, inspecteurs,
croupiers, sans omettre cette foule de
joueurs clandestins, honteux, de ces
jeunes-gens de famille qui se consument
à petit feu, sans audace comme sans
calcul, ardens dans la perte, timides
dans le gain, qui alimentent les ateliers
infernaux du jeu du tribut périodi-
que des revenus de leur fortune patrimoniale, de la vente ruineuse de leurs
bijoux ou effets, des avances usu-
raires des maisons de prêts..... n'abju-
rerez-vous jamais vos cruelles erreurs !..
Consentirez-vous enfin à ce que j'arrache
d'une main expérimentée le bandeau
qui couvre vos yeux......? Votre fatale
passion ne perdra-t-elle jamais ses pres-
tiges trompeurs de vos sens séduits,
malgré que je m'offre sans cesse à vous
comme une victime dont les plaies sont

encore toutes récentes?.... Mais le langage de la raison , comme à moi, vous est devenu étranger; vous caresserez toujours vos idées aussi ridicules que superstitieuses , idées que vous ne voulez jamais écarter; et à peine si la violence et la force parviendroient à vous arracher du théâtre de votre ruine.....

Et vous , escrocs subtils , trop souvent le cortége ordinaire du joueur , déjà condamnés par l'opinion des honnêtes gens , qui êtes placés comme en équilibre entre la liberté et les fers , et ne devez la première qu'à votre astuce à éluder les lois ; vous qui, perdus d'honneur , dérobez , enlevez même, pour jouer, le mobilier des hôtels où vous logez ; privez, d'une main perfide et infidèle , un ami, une épouse, une mère , une sœur , une maîtresse, un étranger même, de ses bijoux les plus précieux , et savourez vos turpitudes à longs traits, sans pudeur comme sans remords!.. De sages institutions, en rendant vos bras oisifs et vos mains criminelles à d'utiles travaux, ne purgeront-elles jamais la société de votre présence et de votre exemple corrupteur !...

Il est temps, après cette apostrophe dont maint lecteur pourra tirer quelque application de morale, de recourir aux faits.

Dans le deuxième chapitre, nous avons laissé madame de Sélicourt convaincue de ma prétendue innocence sous le rapport des fautes dont on m'inculpoit. Combien ses yeux avoient été dessillés dans mon absence, lors des différens voyages que j'avois faits ! il lui étoit parvenu des rapports anonymes sur mon luxe, mes dissipations, et surtout sur mes pertes scandaleuses à Turin, à Milan, à Florence, à Madrid et à Londres; mes nombreux créanciers, toujours amusés, et jamais satisfaits, s'étoient en quelque sorte ligués et réunis sous les instigations du pénétrant et ran-

cuneux Lorwey, dont le principal dé-
faut, si nuisible pour moi alors, étoit
de vouloir toujours prouver qu'il avoit
eu raison ; de manière que si ce n'étoient
mes créanciers eux-mêmes qui paroissoient, c'étoient leurs avis perfides
donnés à ma famille, qui me dénon-
coient comme un joueur forcené, perdu
de dettes et d'honneur.

Madame de Sélicourt, lors de mon
retour à Montpellier, ma patrie, recon-
nut donc trop tard son injustice et son
ingratitude envers mon premier précepteur ; elle ne se convainquit que trop
que ses premiers soupçons à mon égard
devoient se changer en de douloureuses
et affligeantes certitudes, et que, par les
récits qu'elle recueilloit de toutes parts,
il étoit bien avéré que mon enfance,
mon adolescence et ma jeunesse, pour
ainsi dire dérobées à sa vigilance, ne
formoient qu'une histoire, celle du jeu,
et n'avoient qu'un théâtre, celui des
maisons consacrées à cette dangereuse

occupation ; maisons dans lesquelles j'é-
tois déjà connu , ainsi que dans diverses
parties de l'Europe , comme un Franc-
maçon, chargé de diplômes et de digni-
tés, l'est dans les principales loges. Enfin ma mère m'apprit que trop claire-
ment, par tous les comptes qu'elle se fit
rendre , que mes champs de bataille favoris, où ma fortune avoit déjà reçu tant
d'atteintes , n'étoient que les maisons de
jeux de Spa, d'Aix-la-Chapelle , Vienne
et Bordeaux.

A quoi servent les reproches, les
récriminations, les conseils en pareil
cas ?.... Comment redresser un ar-
buste, déjà assez vigoureux par l'âge,
qui a pris une fausse direction? C'est
tout au plus si l'on parvient à prévenir
ou à retarder sa chute par quelque sou-
tien artificiel. Madame de Sélicourt n'en-
treprit donc rien, ou du moins fort peu
de chose pour arrêter mes désordres,
et chercher à déraciner en moi ce qui
composoit comme ma propre essence ;

elle prévit à cet égard, avec justesse, qu'elle ne feroit que d'inutiles tentatives ; mais, profondément affligée de n'avoir élevé et caressé qu'un monstre, elle en devint inconsolable et perdit insensiblement la santé et la vie dans un état de langueur dont mon inconduite et mes funestes habitudes étoient la cause criminelle. Les dernières paroles qu'elle prononça à son lit de mort sont sans cesse présentes à mon esprit, et resteront à jamais gravées dans ma mémoire. « Va, « fils ingrat et dénaturé, me dit-elle, tu « ne manqueras pas de dissiper les « biens que je te laisse ; ce sont de nou- « veaux alimens que ma mort fournira « à ta frénésie ; mais ces mêmes biens « une fois et bientôt dissipés, tu cher- « cheras des ressources dans la mau- « vaise foi et la bassesse ; et tu désho- « noreras une famille qui te lègue deux « siècles de noblesse et d'une réputa- « tion sans tache. » Elle acheva ces derniers mots avec une sorte d'énergie ;

mais bientôt, s'attendrissant elle-même
à l'aspect des pleurs et des sanglots qui
me suffoquoient : « Viens, s'écria-t-elle,
« viens, mon fils, recevoir mon dernier
« baiser; et fais serment, ici même,
« sur ma dépouille mortelle, de cesser
« de jouer. » Je lui promis tout; mon
cœur ému se méconnut lui-même; l'at-
tendrissement, la scène imposante où
je me trouvois engagé, m'empêchè-
rent de réfléchir alors que je devien-
drois bientôt coupable du double crime
d'un sacrilége et d'un parjure. Les pro-
testations solennelles que je fis donc à
madame de Sélicourt répandirent quelque douceur sur ses derniers momens,
qui terminèrent bientôt une scène aussi
touchante.

Le lecteur sensible établit peut-être
la supposition trop honorable pour moi,
que, fils devenu repentant et affligé,
après cette promesse sacrée, je ne pus
de long-temps tarir la source de mes regrets et de mes larmes sur la perte pré-

maturée d'une mère aussi digne d'être
chérie, et que je faisois moi-même descendre au tombeau presque à la fleur de
son âge.... — Quelle erreur est la sienne;
qu'il connoît peu le cœur d'un joueur-
né, et combien il applaudiroit à tort
une vertu que je n'eus jamais!.....

Dans ma barbare indifférence, dans
ma cruelle légèreté, je ne vis, par ce
funeste événement, que l'avantage d'un
degré de liberté de plus, et l'accroissement de ma fortune, conséquemment l'extension et le libre exercice
de mes passions favorites. Si je feignis quelque temps, en présence de
mon père, une sorte de recueillement
et d'amendement, ce fut pour faire accé-
lérer la conclusion d'une alliance qu'on
m'avoit déjà proposée avec une jeune
héritière fort riche; je sentois la nécessité de faire croire en moi à un véritable changement de conduite, et que la
mort de madame de Sélicourt avoit
opéré cette heureuse révolution dans

mon esprit. Je ne pouvois trop activer,
à la satisfaction de mes desseins crimi-
nels, les approches de ce bienfaisant
hyménée qui alloit me rendre maître
absolu de moi-même et de mon bien, ou
du moins, d'une légitime considérable,
comme fils unique; je jouai donc le repentir et la sagesse quelque temps; mon
valet de chambre Labassette me secon-
da parfaitement, en publiant partout la
réforme édifiante de mes mœurs; mon
précepteur, comme témoin oculaire ga-
gné par mes largesses, devint mon panégyriste; partout enfin, dans les cer-
cles, à la ville, au château, dans mes
terres, il n'étoit autre bruit que la régularité de ma nouvelle vie, l'emploi généreux que je faisois de mes épargnes;
et l'on n'attendoit plus, comme quelquefois mon père le disoit en riant, qu'un
degré de plus de sainteté pour me faire
canoniser par la cour de Rome.

Ma principale fourberie consistoit
dans mes faux airs de tristesse et de

profonde affliction sur le trépas d'une
mère idolâtrée ; en cela, je flattois la
douleur de M. de Sélicourt qui en paroissoit chaque jour de plus en plus inconsolable. Enfin, quand le temps exigé
par les convenances et l'usage pour le
deuil fut écoulé, et que celui de ma
majorité, étant expiré, me permit de se-
couer tout préjugé et toute entrave importune ; débarrassé alors de toute espèce de pédant ou de censeur, unique
héritier d'un nom qui s'éteignoit avec
moi, et dont l'orgueil paternel, ainsi
que l'honneur dû à la mémoire de mes
ancêtres, exigeoient la perpétuité ; après
avoir enfin triomphé de tous les obstacles, je reçus la main d'une femme qui,
malgré les avantages dont s'étoient plu
à l'embellir la nature, le rang et l'éducation, ne me parut vraiment belle que
du côté de ses richesses et des nouveaux
alimens qu'elles alloient fournir au
monstre destructeur que je portois dans
mon sein. Jusqu'alors cet ennemi de

moi-même s'étoit contenté de l'or soustrait à la crédulité de mes parens : bientôt à peine si je parvins à le calmer,
en lui faisant engloutir des maisons,
des pierres précieuses, des diamans,
des terres, des châteaux, et jusqu'à mes
propres vêtemens, ainsi que ceux de
mon épouse et de mes enfans..... Ce
vampire insatiable auroit, je crois, absorbé des royaumes, des empires.... ce
qui, dit-on, lui est arrivé quelquefois.

Ceux qui sont curieux de descrip-
tions de noces, de repas, de bals et de
fêtes, ne les trouveront pas dans ces
feuilles, qui ne sont en quelque sorte
que les archives du jeu ; je me bornerai à
dire qu'il y eut (on ne peut en douter) des
salles consacrées à recevoir des tables
de jeux de toute espèce ; mais, fidèle au
plan d'hypocrisie que je n'avois pas ju-
gé devoir encore quitter, je ne jouai
qu'en amateur indifférent, et en homme
qui consent à suspendre quelques momens d'exercice de ses goûts les plus

4

chers, dans l'attente flatteuse de pouvoir bientôt s'y livrer sans réserve.

Quel homme ! quel époux ! donnoiton à mademoiselle Élisa de Mésanges !...
(c'étoit ainsi que se nommoit la victime) s'écriera plus d'un lecteur : que voulez-vous, son horoscope en avoit ordonné ainsi ; et, innocente comme les jeunes vierges victimes d'une vocation irréfléchie, elle devoit être sacrifiée, elle, sa fortune, ses enfans, sur les autels destructeurs que j'encensois... Mais n'anticipons pas sur les événemens, et faisons connoître avec ordre le récit exact de mes égaremens et de mes cruautés envers les miens, sans en faire perdre la moindre particularité au public : puisse-t-il y puiser des motifs de sérieuses réflexions, des leçons de sagesse et des sujets de repentir ! Plaise à Dieu, dis-je, que mon exemple particulier jouisse de l'avantage de faire resserrer les limites du champ trop vaste des passions ruineuses !.... Je ne puis

plus rien pour ma propre félicité : que la peinture de mes désastres devienne du moins pour autrui un acheminement à quelque amélioration , principalement pour ceux qui peuvent encore s'arrêter sur les bords de l'abîme.

Je suis donc devenu maître d'une fortune immense ; celle de ma femme étoit naturellement à mon entière disposition ; l'aurois-je respectée , moi qui étois depuis long-temps le dissipateur incorrigible de mon propre bien ? Cependant, M. de Sélicourt me gênoit par son voisinage , et , malgré que j'eusse monté une maison assez éloignée de la sienne peu de temps après mon mariage, je me trouvois encore trop sous ses yeux et sous sa surveillance immédiate. Dans cette situation , je ne pouvois me livrer sans contrainte à mon élément favori ; de plus, les sociétés fort équivoques dont je m'entourois autrefois et que j'avois écartées pour le seul temps nécessaire à mon rôle de tartuffe , reparoissoient, se

rapprochoient insensiblement de ma
nouvelle demeure : de même qu'une
troupe d'hommes sans aveu , d'abord
dispersés par la police , se rassemblent
bientôt quelques heures après , de nuit ,
et dans un rendez-vous convenu entre
eux ; l'exactitude malfaisante de ces
messieurs à cultiver la société de leur
émule pouvoit en outre me rendre sus-
pect aux yeux d'Élisa , et je ne m'étois
pas dépouillé de toute pudeur , au point
d'oser lever tout-à-fait le masque devant
elle , près de sa famille , et à Montpellier
encore , au mépris de l'opinion de tous
mes compatriotes. J'avois beau recom-
mander à ces chevaliers d'industrie de
composer leurs visages , leurs manières,
de paroître hommes de société et de bon
ton , *et de laisser le joueur à la porte ,*
comme un acteur , après son rôle rempli,
se dépouille de son costume de théâtre :
vaines représentations ! Toutes ces figures de joueurs ont , d'ailleurs , quelque chose de ténébreux , de louche qui

se trahit et déplaît au premier aspect:
je voulois bien me ruiner, moi, ma
femme et tous ceux qui auroient l'imprudence de s'agréger à moi, mais ja-
vois encore un reste de délicatesse et de
crainte; le décorum surtout que j'avois
à garder vis-à-vis des deux familles me
portoit à leur cacher soigneusement,
ainsi qu'à Élisa, dans quels ignobles en-
tourages je prenois plaisir à savourer
et à contempler en quelque sorte la
source, ainsi que les vils artisans de
mon prochain désastre; enfin ma conscience ne pouvoit pas moins que de
confesser tacitement que j'étois un infâme, ainsi que tous mes chers prosé-
lytes.

« Si l'aveu n'est pas flatteur, il est
« du moins sincère. »

Charmante Élisa, si le supplice que
ma conscience me fait éprouver maintenant; si mes larmes, mon repentir,
ma vie même pouvoient te rendre à la
vie, quel doux sacrifice pour ton cou-

pable époux !..... Quel bonheur de pouvoir racheter mes fautes à un pareil
prix ! Reçois, victime angélique, mes
pleurs expiatoires : ma plus douce espérance est d'aller bientôt unir ma dépouille flétrie à ta dépouille sacrée.

Que l'on me permette de payer cette
foible offrande à la mémoire de la plus
digne des femmes, à la vertu même :
j'éviterai cependant, le plus que je pour-
rai, les tableaux sombres et d'en noir-
cir l'imagination de mon lecteur ; si je
puis même parfois lui inspirer quelque
intérêt sous le voile de l'enjoûment et
de la plaisanterie, je ne manquerai pas,
autant que les faits l'admettront, d'en
répandre dans cet ouvrage, pour en
bannir la monotonie.

Faisons connoître maintenant le dessein secret que j'avois conçu de m'iso-
ler entièrement de mes surveillans naturels, tels que mon père, les parens
de ma femme, et d'éviter tout le témoignage d'une ville de province où l'oisi-

veté et la malignité ne sont que trop habiles à divulguer les écarts d'un voisin :
que falloit-il faire, et quels moyens em-
ployai-je pour briser les chaînes dont
tant de convenances m'avoient chargé ?
— ceux que l'on va voir et qui me réus-
sirent.

Je suggérai d'abord à ma femme,
jeune et inexpérimentée, l'idée d'aller
voir la capitale, où ses charmes, ajoutai-je, avec une galanterie enjouée, ne
pouvoient manquer d'être admirés et
où mon amour ne pourroit que s'enor-
gueillir d'en être l'heureux possesseur.
Une fois placé sur ce grand théâtre, je
prenois mon essor avec le rôle que la
nature m'avoit, pour ainsi dire, assigné.

Élisa, en conséquence des idées de
plaisir et de brillante toilette que j'avois
fait fermenter dans sa jeune cervelle,
tourmenta bientôt ses parens pour en
obtenir leur agrément sur le projet de
ce voyage ; de mon côté, je fis jouer tous
les ressorts nécessaires pour parvenir à

mon but ; et , moitié consentement ,
moitié improbation de la part de mon
père, nous partîmes pour Paris dans tout
l'appareil d'un luxe et d'un train con-
formes à notre fortune. M. de Sélicourt
avoit été le seul qui se fût opposé avec
chaleur à cette absence de ses chers enfans, de ses aimables consolateurs, suivant son expression. Il craignoit, disoit-
il, le réveil de mes anciennes inclinations, qui, selon lui encore, n'étoient
qu'assoupies et point du tout détruites.
Je traitai ces idées de pures chimères,
et, sans m'écarter du respect que je lui
devois, je lui fis observer que ses inquiétudes, déplacées à cet égard, n'a-
voient aucun fondement, pour peu que
l'on jetât les yeux sur le mérite de ma
belle Élisa ; ensuite alléguant les raisons de la secrète mélancolie que je
nourrissois depuis la perte de ma mère,
il cessa de m'arrêter, pour l'intérêt même de ma parfaite guérison.

La petite vanité de mon épouse fut

fort éloignée de blâmer l'équipage brillant dans lequel nous partîmes : ne falloit-il pas semer de roses le chemin de
sa ruine ?..... Et combien la prudence et la vertu même du sexe chan-
cellent , lorsque nous savons habilement fasciner leurs yeux par les pres-
tiges de la coquetterie et l'éclat de l'os-
tentation !.....

Nous entreprîmes le voyage dans une
riche calèche ; mon valet de chambre
avoit une place sur le siége de devant ; pour le reste de nos gens , ils oc-
cupoient une chaise de poste qui sui-
voit immédiatement notre voiture. La
modestie, la grâce de ma belle Elisa,
n'avoient point d'égale ; elle étoit dans
toute sa pureté , dans toute sa fraîcheur ;
c'étoit le pur calice d'un bouton de rose
que le souffle du vice alloit flétrir ; moi-
même je devois faner cette belle fleur ;
cet ouvrage m'étoit réservé et étoit bien
digne de mes mains. Pour porter les premières atteintes à sa candeur et à sa sim-

plicité , je débutai, avec le plus grand succès (on le croira sans peine), à lui faire contracter le goût de la dissipation, de la dépense et du luxe : tous les torts qu'elle a eus m'appartiennent ; qu'on se garde bien de vouloir me frustrer de cette flatteuse propriété.

Lors de notre départ de Montpellier, sa beauté brilloit du plus grand éclat : la parure recherchée d'un costume de voyage ajoutoit encore à ses charmes naturels, et par-fois je ne pus m'empê-cher de ressentir une espèce d'enthou-siasme en la contemplant. En admirant Elisa, je disois en moi-même avec un sentiment d'amertume et de regret : « Si je n'étois joueur-né, je serois non-« seulement son époux, mais pour tou-« jours son amant. » Pourquoi faut-il qu'une passion rivale, ou plutôt exclu-sive, détruise dans mon cœur un em-pire qu'un si charmant objet devoit y conserver sans partage !..... Je ferai connoître une particularité qui, en don-

nant la mesure de son amabilité et de
son excessive complaisance, contribua
peut-être plus que tous ses attraits
à me la faire trouver adorable. J'avois
fait pratiquer par un habile ébéniste,
sur le devant de la calèche, une sorte
de secrétaire à cylindre, d'abord des-
tiné à écrire en voyage; mais bientôt mes idées, que je crus alors fort lu-
mineuses, puisqu'elles flattoient le plus
mes goûts, me suggérèrent le projet de
métamorphoser ce bureau inutile en
une petite roulette mobile avec tous ses
accessoires. L'artiste ingénieux exécuta
habilement les desseins de mon prétendu
génie créateur; je lui fis sentir d'ailleurs
combien il étoit cruel de passer tant
d'heures précieuses sans les consacrer
au jeu. Par-là j'utilisois le temps toujours
perdu de la route. Elisa, mise au fait,
s'en égaya beaucoup et consentit facilement à se laisser initier dans les mystères
de la machine mouvante; elle permit
que mon valet de chambre, qui n'avoit

qu'à se tourner un peu de côté , en baissant la glace , devînt un troisième ponte, et nous créâmes , sans craindre aucune surprise importune , une petite succursale ambulante du N.º 113, qui me revêtoit de la triple qualité de prête-fonds, de banquier et de joueur. J'étois donc dans l'enchantement. C'est peut-être pour cette unique raison qu'Elisa, se prêtant à mes manies et contribuant à mes délassemens les plus doux, me paroissoit si agréable ; je laisse au lecteur à donner la solution de ce point de métaphysique , et je le dispense de me la communiquer ; car , tout bien considéré , je crains beaucoup qu'elle ne soit pas en mon honneur.

Il ne faut qu'un trait à un connoisseur habile pour définir le caractère de quelqu'un : mais il falloit plus de temps à mon épouse, jeune et sans connoissance du monde, pour pénétrer dans les replis de mon cœur ; toutefois, elle n'eut que trop de preuves, par mes entêtemens ridi-

cules de jeux qui revenoient sans cesse
et empruntoient toutes sortes de formes,
surtout dans les villes où nous fîmes
séjour, ainsi que par la conduite et les
réflexions de mes propres valets, pour
se convaincre qu'elle voyageoit avec un
joueur de vielle date, et que l'unique
perspective que je plaçois devant ses
yeux, présentoit le dénouement tragique d'une ruine infaillible et très-pro-
chaine...... — Hélas ! ses soupçons ne
furent que trop réalisés par la suite !...
Mais sa bonté naturelle paroissoit toujours s'appliquer à pallier tous mes torts.
Arrivés dans Paris par le chemin de
Versailles.......... Mais je m'aper-
çois que j'ai déjà dépassé les bornes que
je métois prescrites dans le commencement de ce chapitre ; laissons donc à
nos lecteurs quelques momens de répit ;
par exemple, aux mères de famille, le
temps de réfléchir ici sur les moyens
qu'elles pourroient employer pour ramener un fils sans conduite et dont les

5

défauts eussent quelque analogie avec
les miens; aux jeunes femmes, le loisir
d'examiner de quelle manière elles s'y
prendront pour briser tout commerce
avec quelque joueur que mes foibles
pinceaux auroient rendu, à juste titre,
trop dangereux à leurs yeux; et enfin
donnons le temps aux critiques de répandre à flots le fiel sur mes foibles
écrits. Je laisserai donc la carrière que
j'ai à fournir, pour remplir le chapitre
suivant.

CHAPITRE IV.

L'hôtel que je choisis à Paris. Mon luxe effréné. Les connoissances que j'y fis et que j'y donnai à Elisa. L'abandon avec lequel je me livrai au jeu. Ses suites déplorables, et Episodes particuliers.

Nous descendîmes à l'hôtel des Princes, rue de Richelieu, hôtel qui nous avoit été indiqué par des personnes de Montpellier, très-familières avec les mœurs et les habitudes de la capitale. On croira facilement que notre anti-chambre fut bientôt remplie d'une foule d'artistes dans tous les genres, tels que modistes, coiffeurs, tailleurs, bottiers, dentistes, pédicures, tous gens se disant les premiers, par brevet d'invention, dans leur art, et d'ailleurs leurs propres panégyristes dans des cartes et

des prospectus dont ils emplirent provisoirement les poches de mon valet de
chambre.

Le dentiste se désoloit de me voir
ainsi qu'à ma femme, de si belles dents :
il faut jouer de malheur, s'écrioit-il ;
pas une dent à poser et encore moins à
arracher. Figurez-vous qu'à l'entendre,
la nature n'étoit que très-imparfaite à
côté de son art ; ses dents d'émail, ses
rateliers entiers se jouoient de tous les
outrages du temps, et il prétendoit vous
faire convenir, dans sa ridicule jactance,
que l'enfance serait plus heureuse de
recevoir une dentelure fabriquée dans
ses ateliers que des mains capricieuses
de la nature, qui ne faisoit cette sorte de
présens qu'après beaucoup de larmes et
de cris. Pour achever de captiver notre
admiration, il découvrit une figure de
cire à laquelle il fit opérer, par un mécanisme secret, l'acte physiologique de
la mastication. En effet, Elisa, invitée
à présenter quelques dragées à cette

poupée, elles furent broyées par deux
râteliers artificiels parfaitement orga-
nisés. Nous le congédiâmes, en le priant
de revenir dans une trentaine d'années,
époque à laquelle son ministère nous
seroit probablement plus précieux.

Le coiffeur qui parvint jusqu'à moi,
et qui, avant d'entrer, affecta de parler
à son cocher à haute voix, regretta vivement que je ne fusse pas complètement chauve, pour que je pusse juger
par ma propre expérience de la perfec-
tion de ses perruques à cylindres, à
raies de chair et à coups de vent : quel
dommage encore que vos cheveux ou
vos favoris ne soient pas blanchis par
une vieillesse prématurée, je vous aurois épilé ou teint, sans qu'il y parût en
la moindre chose.

Le pédicure formoit des souhaits à
peu près aussi charitables. Quel contre-
temps, monsieur, que vos pieds ne vous
fassent pas souffrir des douleurs inouïes !
qu'ils ne soient pas surchargés de su-

perfétations, de cors et de durillons !
je fais le pied net et sain avec la plus
grande dextérité. Et également le pied-
plat, ajouta à demi-mot mon valet de
chambre.

Quant au tailleur, aussi généreux, il
m'auroit souhaité le physique du plus
difforme des hommes, pour être à même
de me prouver qu'il peut triompher de
tous ces jeux de la nature, et me montrer avec quel art il savoit dissimuler
une cavité ou une protubérance indis-
crètes ; qu'il n'étoit pas enfin de formes
qu'il ne modelât et n'imitât à son gré
avec sa ouate et ses élastiques, et enfin
qu'il étoit désespéré de me voir si bien
fait : c'étoit là du moins le sens de ses
discours.

Mon épouse, de son côté, étoit devenue l'objet des mêmes regrets et des
mêmes motifs d'affliction : le parfumeur
se trouvoit ruiné près d'elle ; les lys et
les roses dont son teint seul offroit le
charmant mélange, ne devoient point

du tout leur éclat aux effets imposteurs
du lait virginal. Conséquemment, point
de fraîcheur artificielle à commander,
ni à payer à grands frais. La modiste,
la couturière, loin d'avoir à *suppléer*,
ou à dissimuler, trouvant partout dans
Elisa, la grâce, la beauté, unies à l'élégance et à un juste embonpoint, n'y
voyoient pas à grossir leurs mémoires
des frais de tous ces appas postiches
que l'amour-propre et la coquetterie
paient furtivement au poids de l'or et
souvent aux dépens de celui qui en est
la dupe passionnée. A cette troupe de
charlatans ruineux, succéda un autre
genre de parasites; c'étoit, par exemple,
un poëte qui demanda la permission de
s'informer de moi si les muses du Lan-
guedoc, ma patrie, avaient fait l'épi-
thalame d'un aussi beau couple, car
il remarqua, avec un air d'importance
et de pénétration, qu'Elisa et moi étions
nouvellement mariés : un autre officieux
se disoit mathématicien, algébriste,

chimiste, entomologiste, alchimiste, cabaliste, et enfin tous les *istes* possibles; il me dit aussi être le compositeur unique d'une table écrite avec l'encre sympathique, et d'après la science exacte de l'algèbre; dont le plus rapide aperçu pouvoit mettre un joueur en état de faire sauter toutes les banques présentes et à venir; aussi lestement qu'il se piquoit de faire sauter la coupe.

A cette déclaration qui chatouilloit si agréablement mon oreille, je redoublai d'attention, et lui répondis par un sourire qui fit naître aussitôt un sentiment de jalousie et de dédain que j'aperçus sur le visage de tous les autres artistes; je m'empressai donc, au grand déplaisir de madame de Sélicourt, de remettre au lendemain les audiences de ces derniers, pour me livrer, pieds et mains liés, aux séductions et au charlatanisme de cet escroc imposteur qui m'apparut alors comme un rare professeur, ou plutôt comme un véritable législa-

teur dans l'art de jouer, et devoit m'aider à faire trembler sous ses auspices et
son égide, tous les prête-fonds et banques de la capitale.

C'est alors que je me dis à moi-même,
que je n'étois qu'un profane ; je savourois donc par avance le bonheur d'être
initié ; je méprisai comme des écoles
tous les faits de ma vie passée, principalement comme joueur : je confessois tout
bas que mes voyages ne m'avoient nullement formé, et je me maudissois moi-
même de ne pas être accouru plutôt à
Paris, centre et berceau de toutes les
connoissances humaines : de même
qu'un disciple de Socrate ou de Zénon,
eût regretté amèrement tout le temps
passé loin de leurs illustres académies.
Mon nouveau professeur ne se disoit-il
pas d'ailleurs un fin académicien ? . . .
Le jeu des loteries de toute espèce étoit
de sa compétence, et s'il n'y jouoit pas,
c'est par la persuasion où il étoit, que le
gouvernement l'emprisonneroit comme

devin ou sorcier, et finiroit peut-être
par le traiter comme on jugeoit les juifs
au tribunal de l'inquisition à Madrid.
Mon fanatisme stupide buvoit cependant à longs traits dans cette coupe
empoisonnée!......Aux qualités
rares, aux faits merveilleux dont cet
homme s'annonçoit comme le héros et
à-la-fois le panégyriste, s'y joignoient
encore beaucoup d'autres; c'étoit monsieur *tout-à-tout*; il possédoit son Paris
autant que Mercier prouve, dans son
Tableau; qu'il le connaissoit lui-même;
il voulut donc, comme un homme qui
se pique d'obliger les gens, en quelque
sorte malgré eux, se charger lui-même
de la location de nos loges à divers
théâtres, de celle d'un autre hôtel plus
convenable à notre fortune; il prétendit
de plus me servir de guide dans les
maisons pour lesquelles ma famille m'a-
voit donné sans doute, présumoit-il,
des lettres de recommandation; et enfin
il faisoit son unique affaire de l'achat

de nos meubles, de nos chevaux, de nos voitures : son unique intention, ré-pétoit-il à satiété, étoit de rendre service aux étrangers, et de les garantir de l'approche d'une foule de fins entre-metteurs, d'ailleurs fort lestes à s'em-parer des voyageurs et d'en faire leurs sots tributaires. . . . . . — Quel degré d'abjection dans cet homme, que le jeu et toutes les bassesses auxquelles il con-duit incessamment, avoient entière-ment dégradé ! . . . . A-t-il jamais pensé s'acquérir des droits à ma reconnois-sance, en devenant un des plus actifs moteurs de mes désastres ? . . . . La part qu'il a eue à quelques années de ma vie de Paris, mérite bien que je lui fasse. lier plus amplement connoissance avec le lecteur, sous les traits d'une carica-ture, les seuls sous lesquels ma juste gratitude envers ses généreux procédés à mon égard, doive l'offrir ici ; ce n'est pas montrer un esprit fort vindicatif, si l'on considère de combien d'infamies il s'étoit rendu coupable par la suite enyers moi.

_ M. Biribi - Hony (c'étoit ainsi que mon valet-de-chambre l'avoit surnom-mé, peut-être à cause de son affinité avec ce jeu, car son vrai nom étoit Vir-bandini ; mais le premier lui resta dans le cours de mes folies) ; M. Biribi-hony donc, homme de 45 à 48 ans, italien de nation, ayant les doigts dé-charnés et à-la-fois on ne peut plus flexibles, étoit d'une maigreur qui ap-prochoit du marasme ; le goût particu-lier qu'il avoit pour le costume noir, n'eût pas été le mien à sa place, car cette couleur produisoit sur sa char-pente ostéologique, lorsqu'il étoit re-vêtu de cet habit sérieux, l'effet de l'ap-parition d'un fantôme ambulant ; ses traits étoient fins, il est vrai, mais de cette finesse sœur de la duplicité et de l'escroquerie ; sa perruque laissoit un vide sensible entre son chef et elle ; et c'étoit cependant cet ornement postiche

qu'il avoit su rendre comme le petit re-
paire de ses innocens moyens, pour
corriger la fortune lorsqu'elle lui étoit
devenue marâtre ; il savoit y cacher
avec beaucoup d'adresse, comme je
l'ai surpris moi-même dans maintes occasions, des brelans carrés tout prêts,
des dés pipés, et des parties de jeux de
cartes arrangées. Les cartes cessoient-
elles de le favoriser, alors Biribi-Hony
prenant l'air de se frotter le front, et
de chercher des idées heureuses dans sa
tête, y trouver effectivement sous sa
perruque un jeu tout prêt et on ne peut
plus favorable, pour le sortir d'embarras, avec un gain certain. Jouant parfaitement au billard, jamais sa queue
en ébène, garnie d'ivoire, ornée de son
chiffre et sous cadenas, ne se séparoit
un moment de lui ; de plus elle étoit
sous la garde d'un étui de fer blanc, et
placée dans sa poche de derrière, elle
lui montoit au niveau de l'épaule. Des
crayons, des carnets, des cartes, un

6

jeu d'échecs portatif, ainsi qu'un jeu de
dames et un loto de sa composition,
remplissoient deux espèces de sacoches
qui battoient alternativement ses jambes
effilées. Pour achever enfin ce croquis,
figurez-vous, cher lecteur, que souvent
il se parait chez moi, lorsqu'il vouloit
faire l'aimable et le plaisant, d'une gi-
becière, telle que celle dont se servent
certains bateleurs des boulevards, et
qu'il tenoit alors remplie de gobelets et
de tout l'attirail propre aux charlatans
de profession, et vous aurez M. Biribi-
Hony trait pour trait.

Est-ce un tel personnage, aussi vil
que facile à démasquer, qui devoit,
aussitôt mon arrivée dans Paris, s'ins-
taller dans ma maison, et bientôt de-
venir auprès de moi ce que Calderone
fut auprès du duc de Lerme ?.... Pourquoi non, si l'on considère mon aveuglement frénétique pour le jeu, et en
général pour tout ce qui se rattachoit
à sa sphère. D'ailleurs, cet homme insi-

dieux et tenace, comme la chenille sur les plus beaux fruits, savoit ramper comme elle ; il s'étoit d'abord lié avec mon valet de chambre, et malgré tous les efforts que j'avois employés quelquefois dans mes momens de réflexions pour rejeter loin de moi ce ver parasite et destructeur, il ne manquoit pas, à force de sinuosités, de revenir insensiblement maître du terrein qu'on lui avoit fait perdre. Combien de fois Elisa me témoigna sa répugnance invincible à sa vue, sans me déguiser, par aucun ménagement, qu'elle ne le considéroit que comme un fripon avéré, indigne de l'empire qu'il avoit pris sur mon esprit et dans l'hôtel où il exerçoit partout une influence très - dangereuse. A cet à propos, il faut instruire le lecteur, qu'en exécution de ses premières propositions, Biribi-Hony avoit arrêté en mon nom un hôtel magnifique, rue du Mont-Blanc, Chaussée d'Antin ; que l'acquisition des meubles et de tout ce

qui doit entrer dans la composition
d'une maison somptueusement montée ;
tels que les équipages de chasse, les
voitures à monsieur et à madame, les
chevaux de selle et de carrosse, les habits de livrée, etc., avoit été dirigée par
cet adroit intrigant, qui obtint auprès
de moi, moitié par importunités, moitié par foiblesse de ma part, l'emploi
d'intendant, et fut notre premier intro-
ducteur dans cet asile de l'opulence, du
goût et du faste.

J'avois bien fait les mêmes remarques
que mon épouse, sur le physique ingrat et certaines turpitudes de cet original qui, par sa ponctuelle exactitude,
principalement aux heures de repas,
s'étoit, de son autorité privée, fondé la
rente d'un couvert à ma table, mais
j'ai déjà dit que Biribi-Hony flattoit singulièrement mes inclinations les plus
chères : c'étoit, selon moi, le phœnix
des ponteurs ; la terreur, si je puis
m'exprimer ainsi, qu'il inspiroit dans

certaines maisons de jeux, me le faisoit
regarder avec un saint respect. Plusieurs
de ces maisons même lui étoient inter-
dites, à cause, disoit-il, de son habileté ;
mais j'ai réfléchi depuis que c'étoit sans
doute pour ses escroqueries. Cependant je reçus, dans le commencement
de mes liaisons avec Birihi-Hony, des
preuves de ses heureux systèmes, dans
maintes occurences, soit adresse, soit
hasard, il m'avoit fait gagner des som-
mes considérables ; enfin, alors, il me
parut qu'il savoit réduire en une docte
tactique un art que je n'avois encore
manié que sous la direction irréfléchie
et tumultueuse de mes passions. Il est
vrai qu'il ne garantissoit pas de sa
perte, toujours et absolument, un jeune
homme de famille ; mais il lui ensei-
gnoit à s'enfoncer lui-même le poi-
gnard dans le sein, suivant des règle-
mens et des principes. Le calcul des
probabilités étoit son plan de prédi-
lection. Il me vint une fois l'envie de

suivre quelques-unes de ses séances, dont mon argent ; je le confesse, faisoit tous les frais ; je tâchai comme lui de fixer la versatilité du jeu et des conjectures trompeuses : mais les seuls résultats furent, chaque fois, la perte de quelques centaines de louis qu'il n'étoit que trop *probable* que je ne regagnerois jamais par le calcul des *probabilités*.

Définitivement installés dans notre nouvel hôtel, Chaussée d'Antin, nous commençâmes notre propre ruine, comme par entreprise ; et dans la supposition que, dans mon propre sexe, j'eusse pu manquer de l'intervention d'une quantité suffisante d'intrigans déhontés, bien disposés à m'y aider, ma femme séduite et étourdie par le luxe, et jugeant de mes richesses par ma facilité à les dissiper, appela comme à son secours d'autre intrigantes dont l'excessive coquetterie et les mauvaises mœurs répandirent un désordre com-

plet chez moi ; il s'en trouva même
parmi elles quelques-unes qui, cou-
vertes du mépris public, n'étoient plus
admises que dans des tripots honteux :
enfin mon hôtel devint en peu de temps
une espèce de Gymnase où des athlètes
des deux sexes paroissoient lutter à
qui joueroit avec le plus d'acharnement.
Le salon offroit à toute heure une
bouillote en permanence, une roulette,
un craps, flanqués d'un wisk, de trois
tables de piquet, de tric-trac et d'échecs,
d'une taille de trente-un, et enfin d'un
passi-dix tenu par quelques officiers
de hussards qui aimoient à se ruiner
mutuellement d'une manière leste et
expéditive.

L'on ne fera pas difficulté de croire
que tout ce que nous avions acheté en
province, tels que diamans, habits, etc. ;
fut trouvé mauvais, détestable ; *horreur* ;
par nos élégantes de la capitale ; les
plumes, les chapeaux d'Elisa sentoient
la province : il fallut donc, d'après les

avis d'un conseil et d'un aréopage si
recommendables, agir comme si nous
étions arrivés nus à Paris, refondre ou
plutôt recréer notre garde-robe, et
perdre deux cents pour cent sur des
bijoux de famille qui auroient dû nous
être doublement chers par le souvenir
des personnes respectables qui les
avoient portés. Mon épouse acheva donc
de corrompre complétement ses qualités
naturelles, en contractant des goûts
dont, peu de temps avant, elle n'avoit
pas même conçu l'idée. De nouveaux
joueurs attirés par les dépenses et l'éclat
indiscret d'un nouveaux débarqué aussi
novice qu'ardent, vinrent bientôt grossir cette première assemblée de vam-
pires, et excitant de toutes parts le feu
d'une passion déjà trop emflammée en
moi, ils commencèrent l'écroulement
inévitable de ma fortune.

On jouoit chez mon suisse, on jouoit
dans les caves sur les tonneaux de mon
vin; l'on tailloit au sallon; une brisque

figuroit dans l'anti-chambre comme hors
d'œuvre ; et enfin le reste de ma valetaille
jouoit dans les mansardes, comme pour
faire une pièce et un coup d'ensemble.
L'on ne se séparoit à quatre heures du
matin, pour ainsi dire, que les larmes
aux yeux, et comme dit fort spirituel-
lement Boileau, dans sa Satire des Femmes, plaignant le malheur de la nature
humaine,

« Qui veut qu'en un sommeil où tout s'ensevelit,
« Tant d'heures, sans jouer, se consument au lit. »

Pour éterniser en quelque sorte des
délices si enivrantes et si économiques
surtout, la table me parut un concilia-
teur aussi séduisant que sûr, pour nous
rendre inséparables et retenir les pontes
par les attraits de la gastronomie. Tel
joueur ou joueuse qui entrait dans
mon académie, congédiait ses gens et
sa voiture comme pour un voyage
d'une durée indéterminée ; je tenois
donc table ouverte pour ces parasytes

des deux sexes : ainsi je nourrissoit à grands frais les êtres malfaisans, auteurs de ma ruine, qui, rassassiés de ma cuisine et du produit de mes pertes, s'en alloient gorgés d'or, souvent le fruit de l'arcins et d'infidélités au jeu. Plusieurs années se passèrent dans ce désordre.

Un train de vie si dispendieux ne pouvoit durer long-temps, sans que mes créanciers, dont la foule grossissoit chaque jour, et dont plusieurs étoient déjà munis de prises de corps, tardassent à m'en avertir, en m'arrachant le bandeau dont je m'obstinois à couvrir ma vue.

Un jour, ou plutôt une nuit, qu'outre l'or et les billets que j'avois sur moi, j'avois encore perdu, par l'effet d'un aveuglement et d'une prodigalité inexprimables, cent quatre-vingt-mille francs sur ma parole, Élisa, à mon retour, voulut en vain trouver dans mon air sombre et farouche l'explication d'une si

cruelle énigme ; rebelle à toute observa-
tion, à toute réprimande, telle douce
qu'elle fût, je ne lui répondois que par
des vociférations mal étouffées, et quelques monosyllables, il est vrai, assez in-
telligibles pour une épouse depuis long-
temps habituée à de pareilles catastrophes : Élisa pénétra bientôt que la fortune avoit dû m'être fort contraire,
mais elle étoit loin encore de s'imaginer
à quel point ; ses craintes n'admettoient
qu'une perte double de celles couran-
tes. . . . . Que devint-elle, lorsqu'elle
apprit toute l'étendue, ainsi que les
particularités de cette horrible catastrophe ! . . . . . Cependant je lui dois la justice de dire hautement ici que sa douceur angélique ne s'en altéra nullement :
sans aucun murmure amer, elle se bor-
na à se permettre quelques tendres
plaintes : mais il ne s'agit pas ici, chère
Élisa, lui dis-je, de perdre le temps
en de vains regrets ; demain, ce soir
même, il me faut satisfaire à une dette

déjà sacrée où , vous ne l'ignorez pas, le point d'honneur se trouve plus fortement engagé par le préjugé qu'on y attache , que dans celles qui y ont un véritable droit. Après avoir essuyé les pleurs d'Élisa , et avoir calmé son affliction le mieux que mon propre repentir me le permettoit, nous concertâmes ensemble divers ——— —ens qui pussent m'aider à sortir d'un si terrible embarras; et, toutes nos ressources examinées sous leurs différentes faces, je la déterminai enfin à partir pour notre province, tandis que je resterois pour faire tête à l'orage et obtenir un répit de mes créanciers. Je l'autorisai en conséquence, par des actes juridiques , à vendre en secret et à réaliser en porte-feuille , le produit de nos terres, de nos maisons, et enfin de tous nos biens ; j'engageai un homme d'affaires , M. de Vaubigny, à faire avec elle ce voyage ; il consentit à accompagner mon épouse, sous la condition et la recommandation la plus

-vive de ma part, d'employer, surtout vis-à-vis de nos deux familles, autant de promptitude que de mystère. M. de Vaubigny, d'une probité rare, d'une intégrité à toute épreuve, sera connu dans la suite du lecteur, par la générosité et la délicatesse de ses procédés. Bornons-nous ici à terminer cette scène douloureuse, je veux dire le départ d'Élisa, qui emporta mes sermens solennels, (sermens qui furent violés avec tant d'irréligion!) de ne pas jouer durant son absence, et encore moins après son heureux retour, si ardemment désiré par son malheureux époux; elle partit donc, accompagnée de M. de Vaubigny et de sa femme de chambre.

Sa seconde grossesse, très-avancée, (car elle m'avoit déjà donné un fils charmant) ne fut pas un obstacle aux généreux témoignages de son héroïsme conjugal; mais je n'en conçus que de plus vives inquiétudes sur sa santé. Si Élisa me confia, en le couvrant de bai-

sers, ce cher fils que ma fureur exclu-
sive pour le jeu m'a empêché jusqu'ici
de faire connoître à mes lecteurs, ce
ne fut qu'après m'avoir fait renouveler
avec plus de solennité et de réflexion
mes promesses d'abjurer toute nouvelle
imprudence en faveur et en considéra-
tion de ce dépôt sacré...... Combien
je fus parjure et criminel envers Élisa,
envers mon fils !......

La nuit du départ de mon épouse fut
horrible pour mon cœur ulcéré ; mes
réflexions venoient en foule m'accuser
au tribunal de ma conscience : quel retour douloureux sur ma conduite passée !..... Non-seulement mes revenus dé-
vorés en un clin d'œil, mais, en peu de
temps et presque à-la-fois, mes capitaux
compromis, entamés, la fortune de mes
enfans engagée, une odieuse mémoire à
leur laisser, et, ajouterai-je, l'intime
conviction que j'avois acquise par l'expérience de ne pouvoir jamais obtenir
aucun relâche de ma passion forcenée

pour le jeu ; j'étois plongé dans ce douloureux monologue , lorsque j'entendis
du bruit autour de l'hôtel , et ensuite des
voitures s'y arrêter . . . . — Qu'étoit-ce ?
M. Biribi-hony , accompagné de plusieurs de ses complices , qui , ayant
appris par mes gens le départ de mon
épouse , venoit me féliciter de mon veu-
vage , se réjouissant tout haut , avec ses
autres acolytes , de l'heureuse vie de
garçon dont cet événement inattendu alloit me faire jouir ; nous pouvions donc ,
ajoutoit-il , nous livrer sans réserve et
sans aucune contrainte , à nos délicieuses
habitudes : il fallut, bon gré malgré, que
je me levasse ; le récit que je leur fis de
ce qui m'étoit si récemment arrivé , l'affliction profonde de mon épouse , ma
résolution qu'elle avoit reçue de re-
connoître ses sacrifices par un prompt
amendement . . . . . rien ne les tou-
cha . . . . . Les barbares ! Ils traitèrent
cette dernière catastrophe du jeu
comme un général d'armée parleroit

K.

d'une simple surprise d'avant-postes, et me présentèrent aussitôt la riante perspective de prendre ma revanche dans une bataille rangée (ce furent leurs propres expressions). On sera promptement persuadé que je ne fus que trop facile à séduire, car, bientôt habillé et comme empressé de leur livrer en moi une victime obéissante, j'ouvris moi-même les jeux, en transformant de nouveau mon hôtel en un véritable tripot, dont mon valet de chambre Labassette fut un des principaux ordonnateurs.

Comment décrirai-je maintenant les anxiétés, les tourmens, les agitations de cette nuit infernale, de cette nuit parricide, où alternativement enrichi et ruiné, et tandis que ma femme étoit partie pour tâcher de réparer mes sottises passées, je travaillois de nouveau avec ardeur à rendre le remède inutile.

J'avois affaire aux partenaires les plus subtils, comme aux moins déli-

cats ; Biribi-hony avoit fait avertir et
amener par Labassette une recrue des
plus déterminés du N.º 113, de ce célèbre
numéro (de ruineuse mémoire) , qui
devint par la suite le théâtre de mes
turpitudes les plus basses , et le fatal
mobile de toutes mes actions. En quelques heures je perdis au trente - un ,
non-seulement tout l'argent qui étoit
dans mes coffres , et dont j'avois eu
l'impudeur de dérober la connoissance à
Élisa , voulant par-là me ménager une
espèce de réserve dans mes détestables
spéculations ; mais , dans mon délire
frénétique , j'engageai encore par écrit
un mobilier immense , mes voitures ,
mes chevaux , mes bijoux les plus précieux . . . . jusqu'à mes propres vêtemens dont je jouai l'évaluation ; tout
fut absorbé dans le gouffre ouvert par
Biribi-hony ; et, de même qu'un vais-
seau s'engloutit par un naufrage , mon
désastre fut complet : peu de trompeuses
intermittences , peu de ces gains passa-

gers qui procurent au joueur un moment de joie, tel faux qu'en soit le fondement, aucun débris de mon bien ne
reparut; moi seul, resté comme sur une
plage déserte, je me vis chassé de mon
propre hôtel par les mêmes scélérats
qui avoient combiné ma ruine, et s'é-
toient ensuite joints secrètement à ce
créancier fameux auquel j'étois redevable, sur ma parole d'honneur, de cent
quatre-vingt mille francs. Signataire im-
prudent d'obligations à leur bénéfice,
et que j'eus la folie de leur passer au
plus haut degré de mon infortune, ils
furent en plein droit de me déposséder
complètement, et le firent en effet,
avec une inhumanité incroyable. Biribi-
hony lui-même, l'infâme Biribi - hony
prit dans ce coupe-gorge le rôle d'huis-
sier : sans perdre un moment, il fit in-
tervenir la justice, à peu près comme
le tartuffe de Molière le fait contre son
bienfaiteur, la mettant en possession
de ses titres, avec injonction d'agir. La

juste fureur qui m'animoit me faisoit chercher avec une brûlante impétuosité, dans cette association de chevaliers d'industrie, ou, pour mieux dire, d'escrocs, un adversaire qui voulût bien répondre, en homme d'honneur, à mes défis; j'eus le triste avantage, à force de provocations, d'obtenir un duel; ce fut sir Édouard, colonel de cavalerie, joueur noble autant que loyal, et blessé, à juste raison, des personnalités et des outrages dans lesquels il se trouvoit indignement enveloppé, qui me demanda lui-même satisfaction. Nous nous rendîmes donc de suite derrière le cimetière de la Madeleine, et à la faveur des reverbères qui jetoient encore un reste de lumière tremblante et vague, l'épée à la main, j'implorai le ciel, non pas pour qu'il me fît triompher de mon ennemi, mais au contraire (prière fort rare en pareille circonstance), pour qu'il m'accordât la grâce de me faire succomber, et terminât d'un seul coup

mes infortunes et ma vie : cette insigne
faveur ne me fut pas réservée ; par une
espèce de coup double, je renversai le
colonel à mes pieds, ce qui fut plus l'effet du hasard, qu'adresse et prémédita-
tion de ma part ; son épée, dans le
même temps, s'étoit enferrée dans la
mienne ; mais elle ne me fit qu'une légère meurtrissure sur la peau. Me voilà
donc désormais chargé de dettes, de
ma misère, d'un meurtre et du poids
plus odieux de mon existence : le lieu,
ni l'heure, ni mon fatal triomphe ne me
permettoient pas alors de me livrer à
d'inutiles et sinistres réflexions ; il falloit
fuir et chercher dans Paris un asile
obscur et ignoré, pour m'y cacher avec
mon malheureux fils ; car j'avois eu la
précaution, dans ma détresse, de faire
emmener cet enfant et de le faire garder, à quelques pas du lieu du duel, par
un des domestiques qui nous avoient
accompagnés. Quant à sir Édouard, j'i-
gnorai long-temps son sort ; ce ne fut

que quelques mois après que j'appris
que sa blessure n'avoit point été mortelle. Abandonnant donc le colonel aux
soins des témoins, je ne songeai dans
le moment qu'à me dérober aux poursuites de la justice, étant doublement
déchiré par le souvenir cuisant des sermens imposteurs que j'avois prodigués à
Élisa, et de l'idée alors cruelle de son
prochain retour..... Car de combien de
nouveaux attentats n'avoit - elle pas
droit de m'accuser et dont ma conscience timorée ne pourroit supporter
l'imputation........ Oui, c'est alors que
toutes les furies sembloient se disputer
le plaisir de me déchirer le cœur et de
le mettre en lambeaux.... Je ne puis
continuer, mes larmes me suffoquent,
mon cœur ulcéré s'oppresse, et, malgré
un assez long espace de temps écoulé
entre les événemens qui me sont arrivés et le moment présent, la douleur
que leur souvenir me cause rapproche,
ou plutôt détruit cette distance ; ma mé-

moire se refuse à confier davantage à ma plume le récit de tant d'infortunes......
Je m'arrêterai donc quelques momens, pour recouvrer des forces que le chapitre suivant ne réclame que trop.

CHAPITRE V.

*Particularités affligeantes. Retour de
madame de Sélicourt. Liaisons avec
d'autres joueurs d'un ordre subal-
terne. Description du N.º 115. Folies.
Perversités nouvelles.*

Sɪ cette histoire ne se présente pas
sous les couleurs d'une vraie morale,
car la meilleure, ce me semble, est
celle qui fournit à-la-fois l'exemple et le
précepte, du moins ne peut-on lui refuser les propriétés d'un puissant pré-
servatif, en admettant que le lecteur,
pénétré et attentif, veuille bien s'appliquer un instant à lui-même l'apologue
des leçons cruelles que le sort m'a don-
nées, pour punir mon inconduite.

On est impatient de savoir quel refuge un homme dénué de tout, sans argent, abandonné de ses propres domes-

tiques, brouillé avec la majeure partie
de ses parens, n'ayant eu que des fri-
pons pour amis et pour ses prétendus
soutiens, ayant enfin abusé de tout crédit, peut trouver à trois heures du matin, dans les rues de Paris....... Je satis-
ferai bientôt la curiosité de mes lecteurs,
et sans m'étendre davantage sur l'exposition des maux que je souffrois, en su-
bissant une transition si brusque, je veux
dire le passage de l'opulence à la plus
affreuse misère, je viendrai de suite au
fait. D'abord, empressé de me soustraire
aux poursuites de la justice sur la découverte infaillible qu'elle auroit bientôt faite d'un homme de marque, de
plus étranger, tué en duel à deux heures et demie du matin, et laissé baigné
dans son sang (car peut-être tous les
témoins avoient pris la fuite comme
moi, et l'avoient abandonné pour son-
ger à leur propre salut), je m'échappai,
ou plutôt je me mis à fuir à grands pas,
mon épée sous un bras, mon fils por-

té sur l'autre, vers le quartier de la Sorbonne, en évitant surtout de passer devant les garde-de-corps ; là, m'arrêtant
dans une de ces rues désertes près l'É-
cole de droit, je m'assis un moment sur
un banc de pierre, toujours tremblant
qu'il ne passât quelque ronde de nuit.

Après m'être recueilli quelques instans, je m'écriai assez haut, agité,
comme je l'étois, du tumulte de mes
réflexions qui se pressoient en foule
dans mon esprit : Quel épouvantable
abîme ai-je ouvert sous mes pas ! j'ai
ruiné mon épouse, mon fils ; j'en suis
l'assassin, je suis leur propre bourreau ;
que leur laisserai-je pour héritage ?.....
un nom diffamé, le déshonneur et l'indigence....... Ne valoit - il pas mieux
immoler de suite ces innocentes victimes, sans leur faire boire le calice de
la douleur jusqu'à la lie ? Torturé au de-
là de toute expression, j'avois peu réfléchi que quelqu'un, malgré l'heure
indue à laquelle je me trouvai dans ce

lieu, pouvoit me voir et m'entendre par
l'effet de quelque circonstance fortuite.
Hélas! ce n'étoit que trop vrai; une portière qui veilloit encore, pour attendre
peut-être le retour de quelque joueur
forcené comme moi, avoit donné toute
son attention aux exclamations qui m'é-
toient échappées; placée près de moi
par la proximité de sa lucarne avec le
banc sur lequel je m'étois arrêté pour
reprendre haleine, elle avoit tout entendu, et également vu, à la faveur de
la clarté de sa lampe, mon action, l'é-
nergie surtout avec laquelle j'avois ser-
ré mon fils dans mes bras, en m'api-
toyant sur son sort; elle avoit vu briller
une épée nue..... La cruelle! il lui
vint dans l'esprit que ces mots d'égor-
ger, de victime, de bourreau, étoient
des indices avant-coureurs du forfait
que je me proposois de commettre sur
mon propre fils : épouvantée de l'idée
d'un suicide ou d'un assassinat exécuté
sur le seuil même de sa maison, elle se

mit à crier de toutes ses forces : à l'assassin ! à l'assassin !..... au secours !..
A ce cri sinistre, à la situation équivoque que je présentois , tout mon
sang se glaça ; ces cris furent un coup
de foudre pour moi, pour mon pauvre
enfant dont les traits étoient déjà entièrement décomposés, mes cheveux se
hérissèrent, et mes facultés étoient entièrement suspendues........ Cependant, prêt à perdre connoissance, je
sentis bientôt toute l'étendue des périls
que je courois, surtout en me laissant
aller à un dangereux évanouissement ;
je me roidis donc contre l'adversité, et
rassemblant toutes mes forces, je parvins à prendre de nouveau la fuite ;
en dirigeant mes pas derrière le Panthéon : là, je posai à terre mon précieux fardeau, mon cher fils ; je me fé-
licitois déjà d'avoir échappé au danger ;
j'allois me prosterner, et me prosternai
en effet près les marches du temple, en
ordonnant à mon fils de m'imiter , dans

l'intention de rendre grâces à Dieu de cet inespéré bienfait, lorsque je m'aperçus, mais trop tard, que j'avois oublié sur le banc de pierre ma fatale épée, teinte du sang de mon adversaire, et portant mon chiffre, ainsi que le nom de l'armurier. Cette preuve matérielle donneroit infailliblement de grandes lumières sur le propriétaire de cette épée, ce qui contribueroit à faciliter les recherches et à courir sur mes traces ; conséquemment nouvelles angoisses, nouvelle agonie de l'esprit et du cœur, qui, tourmentés l'un et l'autre, étoient devenus en moi le double siége des plus violentes inquiétudes, comme des plus douloureux sentimens : si l'on réfléchit ensuite aux fatigues que tant d'insomnies et de secousses avoient dû me causer, ne possédant alors d'autre asile que la pierre des degrés du Panthéon, et dans une saison assez froide, on n'aura encore qu'une foible esquisse de mes maux : s'ils ont pu intéresser le lecteur, il en concevra, je crois, un surcroît d'aversion pour le jeu, source empoisonnée de laquelle tous mes malheurs ont découlé.

Il falloit pourtant quitter une situation et un lieu aussi incommodes que suspects; mais, malgré ma vive impatience, je n'en devois pas moins attendre le point du jour, pour pouvoir me réfugier quelque part. Que les heures me parurent longues!..... L'horloge de la Sorbonne me fit savourer toute sa lenteur. Enfin, voyant que je pouvois parcourir les rues sans danger, je m'y déterminai. Arrêté dans la rue de Cluni, par la remarque que j'y fis d'une enseigne d'hôtel garni, je résolus aussi-tôt d'y arrêter une chambre, telle qu'elle fût, où je pus jouir de quelque répit. Comme dans beaucoup de ces maisons l'on ne paie pas d'avance, je ne craignis pas de passer de suite marché avec la maîtresse de la maison; mon extérieur, ma personne et la richesse de mes habits, l'air distingué qu'avoit également mon fils, me rendirent très-favorable l'accueil de madame Bertault, c'est ainsi que se nommoit l'hôtesse. Il est vrai, comme je l'ai dit au lecteur, que je n'a- vois pas d'argent comptant sur moi, mais il me restoit cependant encore quelques ressources dont je pouvois ti- rer un assez bon parti, pour parer aux besoins présens, tels, par exemple, qu'un portrait d'Elisa, enrichi de dia- mans, que je portois sur mon cœur, et jusqu'alors inaccessible aux atteintes du jeu; mon fils avoit aussi une montre en or, à répétition, dont son parrain lui avoit fait-présent, et qu'il possédoit encore, peut-être par la seule raison que je ne me ressouvins pas, la nuit des pertes énormes que j'essuyai, que ce bijou étoit à ma disposition, et que j'aurois pu tenter la fortune avec cette valeur : enfin j'étois de plus possesseur d'une bague et d'une épingle en dia- mans assez belles, renfermées dans un

étui vert en chagrin, et qui, se trouvant
serrées dans une de mes poches de côté,
s'étoient, pour ainsi dire, dérobées
à la fureur du jeu : l'une et l'autre ne
pouvoient manquer d'être promptement
ment portées au Mont-de-piété, où
ces bijoux ne tardèrent pas à être
déposés. Je me bornai à vendre de
suite à un juif l'épingle, dont la valeur
devoit servir provisoirement à attendre
le retour d'Elisa, et au paiement de
ma nourriture, ainsi que de celle de
mon fils.

Lorsque les premières politesses d'u-
sage furent reçues et rendues de part
et d'autre entre moi et madame Bertault, je lui demandai la permission de
me retirer, feignant, dans les détours
dont je cherchai à l'abuser, de descendre de quelque voiture publique,
où mes malles étoient encore, et qu'on
devoit, ajoutai-je, m'apporter dans le
jour : à ce sujet, je lui fis de suite une
histoire assez vraisemblable, pour ser-

vir d'apologie à l'air extraordinaire que
pouvoit avoir à ses yeux ma venue singulière. Je m'inquiétai d'ailleurs fort
peu du degré de crédulité qu'elle voudroit bien donner à mes fables, me
proposant de lui faire dans le jour
même le paiement d'un mois d'avance.
Elle me laissa donc me retirer dans mon
appartement, où je m'empressai de dés-
habiller moi-même mon cher Adolphe,
c'est ainsi que se nommoit mon fils, et
de le faire jouir du repos que son enfance réclamoit impérieusement : quant
à moi, j'invoquai vainement le sommeil ; ce bienfait si nécessaire aux malheureux ne me fut point accordé ; et
d'ailleurs le lecteur est sans doute encore pénétré du récit de tous les sujets
d'insomnies que je viens de mettre sous
ses yeux, sujets qui acquéroient une
nouvelle force dans mon esprit, par le
calme et le silence des réflexions.

« Point de repos pour le méchant : »
encore moins pour le joueur. Je ne l'é-

prouvois que trop. Voyant donc que je
ne pouvois jouir d'aucune tranquillité,
je me mis à faire de vains et insensés
projets.......

On se figurera peut-être bénévole-
ment que mes rêveries, mes plans, tous
basés sur une complète réforme, sur
mon retour, sans restriction, à de
bonnes mœurs, ne respiroient que l'esprit de ce louable dessein : vous me
connoissez bien peu, qui que ce soit
qui me lisez ; vous m'avez bien peu ap-
profondi et démêlé, si, en ma qualité
de joueur, vous m'avez jamais cru sus-
ceptible de quelque action raisonnable.
Point du tout, voilà quelles furent mes
résolutions, qu'une prompte exécution
suivit : je m'emparai de la montre de
mon fils pendant son sommeil, et, muni
également des bijoux dont j'ai déjà
parlé, ainsi que de la clef de ma chambre, je sortis furtivement, gagnant la demeure d'un commissionnaire au Mont-
de-piété, rue Saint-Honoré ; près le Pa-

lais-Royal ; j'y troquai, sans m'inquié-
ter des frais de l'usure, mes bijoux
contre de l'or et de l'argent comptant,
et me crus, à la faveur de ce perfide
échange, aussi fortuné qu'aux plus
beaux jours de ma première opulence.
Allons, me dis-je, point de pusillani-
mité ; volons à de nouveaux combats ;
déterminons la victoire, puisque ce n'est
qu'à force de témérités qu'on obtient
ses faveurs. Il étoit midi à peu près,
lorsque je me tenois à moi-même ce
discours moral ; je marche donc à
grands pas vers le N.º 113, persuadé,
par mes faux pressentimens, que ce
Numéro, fatal à tant de familles, ré-
pareroit lui-même le tort des mes folies
passées, particulièrement celles de
la dernière nuit, et par ses propres
pertes m'aplaniroit le chemin et le
retour à mon hôtel, où mon Elisa
pourroit rentrer, sans connoître jamais
les circonstances de la catastrophe
passagère qui m'en avoit expulsé.

A l'entrée de ce célèbre établissement, connu généralement sous le
nom du Numéro 113; voltigent une
quantité de nymphes qui en rendent
les approches encore plus attrayantes,
surtout pour ces hommes qui mettent
les sens à la place du sentiment, et
les désirs grossiers à celle de la véritable volupté et de la délicatesse ;
principalement, dis-je, pour cette foule
de jeunes gens qui s'imaginent que l'or
peut leur procurer toutes les délices de
l'amour, en leur épargnant toutes les
tribulations ; mais qui ne sortent en
effet de ce honteux commerce, et à-
la-fois de leur erreur, qu'après avoir
échangé leurs forces et leur santé contre une vieillesse et des infirmités pré-
maturées, contre des dégoûts et des
motifs de cuisans regrets. Ces femmes,
la honte de leur sexe, dépourvues de
toute pudeur, et qui trafiquent sur la
volupté et le plaisir, n'en possédant
aucuns des véritables élémens, sont

donc là comme les prêtresses du temple , ou plutôt comme des sirènes qui
attirent de toutes parts le navigateur :
il est vrai qu'elles n'ont aucun culte
à servir dans ce même temple (le
Numéro 113) , et que le leur est entièrement consacré à Vénus ; mais, fort
peu scrupuleuses sur le choix des sacrificateurs ; elles portent l'esprit de
tolérance à un point que toute secte
plaît à leurs yeux , pourvu que l'offrande suive de très - près , et même
devance les faveurs vénales qu'elles
vous prodiguent : ce n'est point du tout
à ces déesses , un peu trop familiari-
sées avec le genre humain , que je voulois brûler quelques grains d'encens;
je montai donc avec vivacité le grand
escalier, en passant au milieu d'elles,
sans que leurs attraits factices pussent
un seul moment rendre leurs résolutions incertaines , et mes pas chan-
celans.

Un matelot qui , depuis six mois en

-mer , entendcrier : terre ! un amant qui revoit sa maîtresse après une longue séparation ; un prisonnier jeté au fond de la Sibérie , qui remet le pied sur son pays natal , après dix ans d'absence ; un vil courtisan qui se venge et éconduit un plus vil courtisan son rival , n'éprouvent que des demi-sensations , des demi-jouissances , mises en parallèle avec les émotions , les frémissemens d'un joueur qui , privé pendant quelque temps de ses hochets chéris , les retrouve , les savoure avec autant d'ardeur , d'enchantement , que les Français en témoignèrent , lorsqu'ils purent , après vingt ans de deuil , contempler les lis sur le front auguste de la fille de leurs Rois , et revoir un père consolateur dans leur souverain légitime.

J'avoue qu'à peine eus-je pénétré dans l'antre fatal , je contins difficilement les transports fougueux de mon inhumaine joie : trois files de pontes

9

de tout âge et de tout rang entou-
roient circulairement les prêtres et le
grand-prêtre, dont la figure impassible, et impénétrable dans la prospé-
rité où l'adversité, sembloit dire à tous
les spectateurs : imitez-moi ; soyez
calmes dans la perte ou le gain. Beaucoup de pontes, loin de suivre cet
exemple stoïque, loin, dis-je ; d'être
maîtres de dissimuler leur rage et leur
fureur concentrées, l'exprimoient, au
contraire, avec une énergie souvent
par trop irréligieuse. Je ne puis m'empêcher, à cet à-propos, de faire passer sous les yeux du lecteur, une
galerie de quelques originaux dont
les manies et les contorsions, dans les
chances favorables ou contraires, eussent fait la fortune d'un peintre. Ce-
lui-ci, par exemple, le menton collé,
pour ainsi dire, sur la table, tenant
un jeu de cartes, en rouloit une dans
ses doigts chaque fois qu'il faisoit son
jeu : le banquier décidoit-il de son

sort à son désavantage, la carte déjà roulée, et qu'il avoit portée à sa bouche, étoit avalée comme par un automate qui obéit aux ressorts d'un mécanisme secret; de sorte que le bordereau de ses pertes pouvoit se faire par le nombre des cartes qu'il digéroit sans s'en apercevoir. Et cet autre fanatique plus ridicule encore, qui, paralysé de tous ses membres et se faisant apporter par ses valets, ne peut jouer qu'à l'aide d'un fondé de procuration; remarquez-vous combien le système nerveux est agité et convulsif en lui, et le rend en même temps effroyable et grimacier !.... Ses yeux caves, ses joues creuses, son teint cadavéreux, rendent ses grimaces encore plus odieuses : quel sourire amer que celui de ses lèvres décolorées ! .... Il paroît avoir juré que la roulette seroit son tombeau; et, comme Charles-Quint, il veut assister à ses obsèques, de son vivant.

Mais qui vois-je au haut de la table ? ... Un caissier comptable envers
sa maison de banque, prodiguant sans
discernement, d'une main tremblante
et d'un viage altéré, l'or qu'il a distrait
de sa caisse, dans l'espoir frivole de
le doubler, afin de subvenir aux dépenses capricieuses et à la toilette
d'une maîtresse qui lui fait acheter
chaque journée de sa fidélité héroïque
au prix d'un chapeau ou d'une robe
nouvelle. . . . . Chaque carte que
retourne le banquier imprime en traits
de sang l'arrêt de son suicide : il est
ruiné, de plus, il est déshonoré ; il sort
éperdu, ayant joué tout l'or qu'il
avoit soustrait ; ne le voyez-vous pas,
d'une course égarée, allant aux Tuile-
ries, et parcourant à grands pas les
allées les plus sombres ?. . . . . l'erreur
d'un moment va lui coûter la vie ;
grand Dieu ! il a armé un pistolet, le
désespoir et l'horreur de la vie ani-
ment tous ses gestes. . . . . . . retenez

donc sa main homicide ! . . . . . mais il
n'est plus temps, il s'est déjà fait sauter
la cervelle.

Passerai-je sous silence cet autre
martingaliste flegmatique, digne de la
plume d'un second La Bruyère ? Seroit-
il possible de compter tous les coups
d'épingle dont sa carte est devenue dia-
phane : assis près du banquier, la perte
d'une fortune considérable lui a acquis
ce stérile honneur ; il ne joue, ni ne
ponte pour autrui ; mais il voit jouer,
il spécule sur les coups, comme s'il y
étoit intéressé, et son imagination se
repaît de ces chimères, avec lesquelles
il caresse sa passion dominante : il
n'embrasse, en effet, dans sa démence,
que des illusions ; mais elles font le
principal charme de sa vie ; et la chaise
qu'il a par droit de fondation, aux
tables de jeu, est pour lui un autre
hôtel des invalides, qui devient la ré-
compense des échecs dont sa fortune a
été atteinte.

Il est temps de revenir à ma propre conduite, après ces oiseuses digressions, et de dire le sage emploi que je fis d'une centaine de louis que j'avois réalisés sur le nantissement de mes bijoux. Je passai long-temps par les alternatives de la perte et du gain, ces dernières chances me furent même long-temps assez favorables ; mais l'ambition, en me portant à ne pas me satisfaire d'une somme assez belle, me fit perdre tout. Je rentrai chez moi en proie à une mortelle affliction, que madame Bertault ne remarqua que trop. J'avois eu la cruauté, sans y penser, d'enfermer mon fils ; et cette innocente créature condamnée à un sommeil forcé, ou, pour mieux dire, à une diète pénible, n'avoit encore pris aucune nourriture de la journée. Sur l'examen rapide que je fis de ma conduite, je ne me regardai plus que comme un monstre mille fois plus féroce que les tigres de l'intérieur de l'A-

frique : ce cher enfant, intimidé par
mon air hagard et farouche, loin de
me reprocher, comme il en avoit le
droit, ma conduite barbare, me de-
mandoit au contraire, d'une voix in-
certaine, s'il m'avoit donné involontai-
rement quelque sujet de déplaisir et de
contrariété. . . . . — Charmante créature ! plût à Dieu que ton coupable
père n'eût pas plus démérité que toi !...
Mes larmes inondoient son visage ; je
le pressois sur mon cœur, tandis que
l'aimable enfant m'étreignoit de ses petits bras caressans : « Ne pleure pas,
« papa, me disoit-il, ne pleure pas,
« maman reviendra bientôt nous re-
« conduire elle-même à l'hôtel. » Adorable enfant ! puisses-tu ne jamais héri-
ter des vices de ton père ! pensai-je...
Je fus interrompu par l'arrivée de madame Bertault, qui désiroit savoir si je
voulois être servi dans ma chambre :
sur ma réponse, les domestiques nous
apportèrent un assez bon souper, que

je fus charmé de partager avec mon
cher Adolphe. J'avois à peine achevé
moi-même de manger quelque bagatelle, que j'entendis dans la rue le
bruit d'un équipage qui paroissoit plutôt voler que courir ; j'ouvre aussitôt
mes fenêtres : les postillons qui condui-
soient cette voiture s'étoient déjà arrê-
tés à la porte de mon hôtel : mais quel
fut mon étonnement, ma joie, mon
ivresse mêlée, il est vrai, de tant d'a-
mertumes, en reconnoissant bien dis-
tinctement la voix d'Elisa, de mon
adorable Elisa ! — Descendre avec la
rapidité de l'éclair, me précipiter dans
ses bras, la presser sur mon cœur, tout
cela demanda à peine le temps que
j'emploie à le narrer. Point de reproches de sa part, point de pénibles leçons, Elisa est toujours un ange ; il
semble que madame de Sélicourt ne
veuille rien enlever à la plénitude de
son bonheur, et que ses premiers momens de son retour appartiennent

entièrement à sa tendresse. Mais comment avoit-elle su me découvrir dans
une retraite si éloignée de mon hôtel ?
Labassette, dont je ne laissai pas d'ailleurs que d'avoir beaucoup à me plain-
dre pour le peu de fidélité qu'il m'a-
voit témoignée, en m'abandonnant lors
de mon duel, s'empressant d'abord
de s'en justifier, satisfit à mes questions passionnées, en m'expliquant de
suite par quel concours de circonstances heureuses il m'avoit aperçu
et suivi au N.º 113. Il ajouta que sir
Édouard, moins dangereusement blessé
qu'on l'avoit craint dans le moment,
avoit été transporté à son hôtel. Mais
Élisa réclame ici tous mes soins, tout
mon amour : en me replaçant, du
moins en idée, dans cette situation dé-
licieuse où je la retrouvois plus aimable
que jamais, j'obtiendrai sans doute du
lecteur sensible qu'il me laisse jouir
sans obstacles de la présence d'une
épouse chérie. Le chapitre VI donnera

plus amplement l'explication des moyens
par lesquels madame de Sélicourt avoit
trouvé ma demeure, et fera connoître
les nouveaux traits d'ingratitude dont
je me rendis coupable envers elle.

CHAPITRE VI.

*Nouvelle faute. Passion croissante du
jeu. Connoissance d'un romancier.
Événemens bizarres. Introduction
de quelques originaux.*

Les premiers instans furent donnés à
la tendresse, aux questions, aux répon-
ses incohérentes , dictées toutes par le
sentiment, et conséquemment dénuées
de clarté : ma chère Elisa vouloit cependant apprendre plus positivement de
ma propre bouche le détail des nouvelles catastrophes que je m'étois at-
tirées : de mon côté, j'étois curieux de
savoir par quelle cause elle étoit des-
cendue directement à mon nouveau logement. Elle m'instruisit donc que Labassette , après avoir parcouru toutes
les maisons de jeux du Palais-Royal,
où il présumoit que j'étois, me vit au

N.º 113. Sa première idée fut de me faire suivre par quelqu'un chargé de lui rapporter la désignation précise de ma retraite; sa seconde pensée fut d'aller se placer en sentinelle dans la rue du Mont-blanc, où il avoit espoir de voir, d'un instant à l'autre, arriver mon épouse, pour lui servir de guide auprès de moi. Toutes ces conjectures s'étoient réalisées, et donnoient à-la-fois un témoignage non équivoque de son zèle et de son attachement pour ses maîtres.

Élisa, après cette explication, reçut de ma part celle de ce qui m'étoit arrivé ; et son cœur généreux vouloit encore, pour ne blesser en rien ma délicatesse, rejeter tous mes désastres sur la malignité de mon étoile ; elle s'estimoit, disoit-elle, trop heureuse, puisque, ainsi que son cher Adolphe, elle me pressoit sur son cœur, sain et sauf de tant de dangers que j'avois courus. — Non, Élisa, m'écriai-je, ton époux,

ton amant n'est que trop coupable , et
l'excès de ton indulgent amour ajoute
à l'amertume de ses remords. — Allons,
Sélicourt, reprenoit-elle , point de douloureux examen des fautes que vous
avez commises , point de retour affligeant sur le passé ; je suis revenue ,
grâces au ciel , en état d'arranger vos
affaires , et de reconstruire moi-même
l'édifice de notre mutuel bonheur , si
vous me prêtez de nouveaux sermens ,
mais inviolables cette fois , de n'y porter désormais aucune atteinte : puis ,
brisant sur un sujet qu'elle voyoit
m'affecter sensiblement , elle me fit de
tendres reproches d'avoir osé sortir
dans Paris , après le malheureux duel
du matin ; à cet égard , elle se propo-
soit de voir le ministre ***, à l'effet
d'arrêter les suites d'une affaire dont
tous les torts , au fond , devoient être
entièrement rejetés sur mes ennemis.
Profitant ensuite de l'absence de Labassette , Elisa me prit affectueusement

par la main, me conduisit à une de
ses malles qu'on avoit déjà montées
dans notre appartement, et l'ouvrant
avec une secrète joie, après m'avoir
donné quelques baisers fort passionnés,
qui partoient tous du plaisir qu'elle
éprouvoit en sauvant l'objet de son
amour, elle me montra l'heureux résultat de son voyage : c'étoit une cassette en acajou, remplie d'or, de pier-
reries, de diamans, de contrats, de
billets de banque, d'un service en ver-
meil et de beaucoup d'autres objets
et bijouteries de grande valeur.

Ah ! chère Élisa, m'écriai-je dans le
plus grand enthousiasme, tes procédés
généreux me confondent, et ta vertu
redouble mes remords. . . . . Comment
reconnoîtrai-je tous tes bienfaits ! Oui,
chère épouse, ajoutai-je, les yeux
mouillés de douces larmes, ma vie, ma
conduite, la moindre de mes actions,
te sont désormais consacrées et sou-
mises, et à l'avenir je ne veux plus être

que l'esclave de tes volontés. — Me
promettez-vous donc bien, méchant,
reprit-elle avec un sourire enchanteur,
et en provoquant de nouveaux embrassemens, que vous ne jouerez plus,
que vous quitterez insensiblement toutes vos mauvaises sociétés, et que mon
bonheur et ma vie enfin vous devien-
dront aussi chers que l'un et l'autre le
sont à Élisa pour vous.

Le sentiment étant loin d'être éteint
en moi, et ayant d'ailleurs toujours
nourri au fond du cœur une grande
passion pour madame de Sélicourt,
j'étois vraiment de bonne foi, quand,
dans ces scènes attendrissantes et ex-
pansives, je la rendois dépositaire de
mes sermens; je ne trouvois donc alors
qu'un nouvel attrait à l'assurer d'une
abjuration entière de mes erreurs.

Élisa continua la narration de son
voyage, en m'informant de l'habileté
et de la promptitude avec laquelle
M. de Vaubigny avoit secrètement

négocié et sous-traité pour nous : mon
père, étant malade, ne l'avoit nullement
gêné dans ses opérations; et nous étions
encore en état, avec les biens qu'il avoit
réalisés, de vivre fort honorablement,
si toutefois, terminoit-elle avec un
sourire charmant, elle n'avoit pas
perdu tout-à-fait son pouvoir sur mon
esprit et sur mon cœur. La maladie de
M. de Sélicourt ne laissoit pas que de
m'affliger ; et je le lui témoignai; elle
s'empressa de me tranquilliser, en me
protestant que le médecin l'avoit assuré
qu'il n'y avoit rien de sérieux dans
son état : nous conclûmes donc un en-
tretien si doux, en nous promettant la
plus agréable perspective et une ré-
paration complète des malheurs passés.

Je recommandai à Labassette de
coucher dans l'hôtel, pour être prêt
le matin à exécuter mes ordres.

M'étant proposé, dans mes confes-
sions, de ne communiquer au lecteur
que les seuls événemens de ma vie

comme joueur, je ne lui dois donc
point les faits de ma vie comme époux
et comme amant; d'un autre côté, la
pudeur, de telle gaze que je susse les
couvrir, n'auroit-elle pas droit de s'en
alarmer!..... Je jetterai donc un voile
épais sur les délices d'une nuit fortunée,
où l'amour, uni au devoir, me rendit,
par l'effet de l'absence pénible que j'a-
vois endurée, toutes les illusions et tout
le charme d'un premier attachement.....

Pourquoi ne fus-je pas alors trans-
-porté dans quelque île, enlevé à moi-
même, et surtout à toutes ces désas-
treuses institutions de jeux de l'Europe
civilisée; je serois encore l'amant de ma
femme, et non son perfide assassin;
mon fils feroit ma gloire et mon bonheur; et je ne verserois pas d'inutiles
larmes sur deux tombes ou plutôt deux
juges inexorables, qui m'accusent et
déchirent ma conscience!.....

On s'attend, peut-être, pour mon
propre honneur, qu'il s'écoulera au

moins une quinzaine de jours avant
que je recommence mon train de vie
favori ; qu'il se passera une semaine,
quatre jours, trois jours, deux jours ;
non : on s'abuse, si l'on s'imagine qu'un
joueur peut souffrir la plus courte in-
terruption.... — Ce fut le lendemain
même du retour de madame de Sélicourt que le N.º 113 revit un monstre
commettre de nouvelles infamies, et
provoquer une rechute encore plus
désastreuse que la précédente. Infâme
Biribi-hony ! tu fus le moteur et l'ar-
tisan de ce nouveau et dernier brigan-
dage qui plongea mon épouse, mon
fils dans la misère et l'avilissement le
plus complet !... Mais mettons un
peu d'ordre dans ce douloureux récit.

A peine fus-je réveillé, que, donnant
à Élisa le baiser le plus vrai, comme le
plus tendre, je me complaisois à ou-
vrir la journée par le prélude des plus
douces caresses et des éloges les plus
flatteurs ; je cherchois en quelque sorte

à faire oublier à madame de Sélicourt
qu'elle n'étoit rien moins que dans ses
meubles, mais bien dans un hôtel garni : pensée humiliante pour une jeune
femme fort délicate, comme elle l'étoit,
sur les convenances, et habituée dès sa
naissance au ton et au genre de vie le
plus décent et le plus honorable. Qui
auroit pu me persuader que cet appartement que je méprisois alors devien-
droit bientôt l'objet de mon envie et de
mes regrets !

A mon lever, je fis appeler mon valet de chambre, et lui déclarai avec un
ton d'enjouement que je voulois de la
recherche dans ma toilette ; mon intention étoit, lui dis-je, de faire ma cour à
ma femme ; ce qui parut le surprendre
un peu. — Oui, Labassette, je prétends
recommencer auprès d'elle mon cours
de galanterie, et je ne sens que trop
qu'elle auroit droit de le rendre épineux ;
je veux lui prouver que mon unique
bonheur est de lui plaire et de me ren-

dre digne de toutes ses vertus et de ses
attraits, autant en soignant l'extérieur
de ma personne que le fond de ma conduite. Voilà du nouveau, dit mon valet
de chambre ; le maraud s'en alla me
chercher un tailleur ayant des habits
tout prêts, et j'entendis le fripon fre-
donner dans l'escalier : « ça ne durera
« pas toujours, ça ne durera pas tou-
« jours, etc. »

A peine eus-je payé les habits qui me
furent apportés et que j'avois choisis,
que je m'en revêtis, et, tout fier des propres bienfaits d'Élisa, je me dirigeai du
côté de son lit, où elle étoit encore,
pour m'égayer devant elle et lui donner
un double témoignage du sentiment de
satisfaction et de sérénité qui m'animoit,
ainsi que des bonnes dispositions et de
l'enjouement que sa charmante vue
avoit répandus partout : elle parut en-
chantée de ma propre satisfaction, plai-
santa finement sur mes prétentions et
mon élégance : tout enfin donnoit le pré-

sage d'une journée et d'un avenir déli-
cieux. Bientôt après cette petite scène
agréable, Labassette vint m'avertir que
quelqu'un désiroit me parler ; madame
de Sélicourt, l'ayant entendu, m'enga-
gea à ne pas recevoir la personne dans
l'appartement avant qu'elle ne se fût
levée, et me pria d'aller l'entretenir
dans une salle basse ; à quoi je consentis
sans difficulté. Qui s'imagineroit-on que
je trouvai dans une espèce de parloir où
madame Bertault avoit fait attendre la
personne ? Ce n'étoit certainement pas
un galant homme ; cette classe, depuis
long-temps, ne me faisoit plus l'honneur de cultiver ma société : je ne tien-
drai pas davantage la curiosité du lecteur en suspens, d'autant plus que le sujet n'en est pas digne ; au fait, c'étoit
Biribi-hony. M'avoir vu entrer dans un
bureau de commissionnaire au Mont-
de-piété, ensuite au N.° 113, cela pa-
roîtra fort probable, si l'on considère
que ces maisons odieuses étoient les

théâtres favoris sur lesquels il avoit été
toute sa vie en scène : il avoit chargé un
de ses affidés de me suivre , et son fidèle
messager l'avoit instruit de ma nouvelle
demeure. Quel étoit son dessein dans
cette visite où il avoit tout à craindre de
mes justes ressentimens ? c'étoit, l'infâme tartuffe ! de me faire rendre, dans
une partie à-la-fois plus brillante et plus
fertile en ressources ; toutes les richesses que j'avois perdues dans la dernière
surprise. J'eus beau lui opposer tous les
raisonnemens que peuvent suggérer
l'honneur, la conscience , la délicatesse,
et surtout le souvenir si récent d'un désastre dont les résultats avoient fait de
si fortes brèches à ma fortune et avoient
augmenté le nombre de mes créanciers;
c'est en vain que je combattis et que je
cherchai à triompher de cet insinuant
caméléon et de toutes ses séductions;
inutilement je lui représentai les obligations sacrées que m'imposoit le retour d'une épouse chérie qui, par un

dévouement vraiment héroïque, avoit
fait, avec succès, un voyage dangereux
pour son état de grossesse ; voyage dans
lequel son amour-propre avoit dû souffrir au moins autant que sa santé ; et
dont l'unique but avoit été de réparer
les funestes effets de mes égaremens.....
— Le traître, le séducteur !..... S'il parut tenir compte quelques momens de
mes observations et des sages motifs de
ma résistance, ce ne fut que pour les
affoiblir ensuite par des sophismes plus
dangereux, tels que d'offrir à mes yeux
fascinés la perspective d'un grand bénéfice, et de pouvoir par là opposer aux
services de madame de Sélicourt bienfaits pour bienfaits, et conséquemment
de lui enlever cet avantage tacite qui
porte toujours quelque chose de mortifiant en soi, celui d'être redevable à
sa femme de trop grandes obligations.
Il ajoutoit à ce raisonnement spécieux
que l'autorité maritale, dans le cas où
la fortune m'avoit mis, ne pouvoit man-

quer de recevoir beaucoup d'atteintes,
et que désormais je passerois sous la
volonté et les caprices altiers d'Élisa.
Mais, me récriai-je, sa délicatesse, sa
douceur me sont garans du peu de fondement de vos piquantes suppositions:
ici Biribi-hony, avec l'affectation d'un
ton impérieux et ironique, me démon-
tra, avec une force de logique dont je ne
l'eusse pas cru capable, que je ne pouvois me dissimuler que j'étois tombé
dans l'estime de madame de Sélicourt ;
que sa générosité seule et son indulgence pallioient mes torts ; mais que l'u-
nique moyen de m'élever à son niveau
étoit d'obtenir quelque brillant succès
qui, en remontant complètement ma
fortune, m'égaleroit tout-à-fait à ma
femme, et lui enlèveroit cette supé-
riorité humiliante qu'elle avoit en ce
moment sur son mari : ensuite, comme
s'inquiétant peu des effets que produisoit sur moi son affreuse doctrine, il étala
à mes yeux sur une table le produit de ce

qu'il appeloit trivialement ses *leçons en ville*. C'étoit une bourse remplie d'or, et en outre un porte-feuille garni de billets au porteur, ce qui pouvoit monter à une somme considérable. Il ne laissa pas que de m'insinuer qu'avec un sociétaire intelligent, qui, réunissant, comme moi, à la mobilité d'un esprit aimable une imagination vive, du tact et du calcul, voudroit confondre ses intérêts avec les siens et l'aider à organiser un nouveau système de martingale de la plus profonde invention, martingale qui donneroit évidemment une grande idée de ses lumières, il parviendroit à surprendre et maîtriser la fortune. Son moyen étoit infaillible; un bénéfice immense étoit assuré; même il ajoutoit à ce sujet plein d'imposture et de charlatanisme qu'il ne me permettroit pas de me présenter dans ces mesquines succursales de la métropole (le N.º 113), dans ces petits repaires subalternes, où le mince honneur de faire sauter une petite banque est aussi peu avantageux qu'honorable, et où d'ailleurs les fonds ne suffiroient pas, non-seulement à son vaste système et à ses ambitieux projets, mais encore à un seul de ses parolis. C'étoit donc le N.º 113, qui seul, par les ressources fécondes de ses coffres, sembloit digne des attaques et des entreprises de ce moderne Beverley, ce petit Attila dans l'art de jouer. Le N.º 113, ce roc inébranlable pour tant d'autres, à l'entendre, devoit s'écrouler sous nos coups; et on chercheroit, disoit-il d'un ton badin et enjoué, la place où avoit existé cette banque. Le scélérat me vit chanceler; il s'aperçut de l'esprit d'hésitation qui s'emparoit de mes sens; incertitude, avant-courrière d'une détermination qui ne pouvoit qu'être favorable au plan de sa visite. Les autres moyens de persuasion qu'il employa furent l'espérance qu'il me fit concevoir de recouvrer tous mes biens, de rendre le bonheur à Élisa : il reproduisit avec

une nouvelle chaleur ses dangereux pa-
radoxes, et même ajouta à ses premières
allégations ; il appuya sur la supposition
de l'extrême plaisir qu'il y auroit de re-
placer mon épouse dans l'état dont un
revers momentané l'auroit seulement
écartée. J'avois eu l'imprudence de lui
parler de la riche cassette qu'elle avoit
apportée ; l'infâme ne me conseilla-t-il
pas de m'en emparer de suite et pendant
qu'Élisa étoit peut-être encore au lit :
nous doublerions, nous triplerions nos
fonds, disoit-il en fronçant le sourcil,
avec cette précieuse martingale dont il
m'avoit ensorcelé, et, après notre heureuse expédition, remettant la cassette
où je l'avois prise, ce qui résulteroit seul
d'une ruse qu'il appeloit innocente, seroit un accroissement considérable de
fortune que je devrois entièrement à son
ingénieuse médiation et à ses bons conseils. J'étois trop porté, au fond du cœur,
à servir de stupide instrument à ma
propre ruine, pour ne pas écouter avec

avidité les insinuations les plus gros-
sières, pourvu qu'elles caressassent ma
passion exclusive ; je consentis donc à
toutes ses propositions, après bien des
combats où ma conscience et mon honneur expirèrent ; et, pour mettre le comble à mon infamie, je ne voulus pas que
Labassette ou Biribi-Hony se chargeât,
pendant que madame de Sélicourt gar-
doit encore le lit pour se reposer des
fatigues de son voyage, d'enlever la riche cassette ; cet attentat étoit réservé à
mes mains sacriléges..... — N'étoit-il
pas bien digne de moi d'ajouter cette
horreur au tissu de tant d'autres !

Je suspendrai ici la narration de mon
histoire, afin que le joueur de profession, ainsi que les jeunes gens sans expérience qui pourroient se trouver ex-
posés aux mêmes piéges, s'appesantis-
sent ici sur toute la noirceur de ce nouveau trait d'ingratitude de ma part envers la plus digne de toutes les épouses,
et, se gardant bien de m'imiter, fuient

toutes les maisons de jeux, comme des
ateliers infernaux mille fois plus malfaisans que tous les fleaux réunis, et les
évitent comme des académies ruineuses, dans lesquelles, sans pouvoir s'en
garantir, et comme par la magie d'un
enchantement irrésistible, ils contrac-
teront l'habitude et la familiarité des
vices les plus monstrueux.

CHAPITRE VII.

Enlèvement de la cassette d'Élisa.
Journée et nuit orageuses au
N.º 113. Ma fuite, et mon nouveau
logement.

JE me rends, dis-je, à Biribi-Hony:
cependant si je parviens à enlever la
cassette de la malle où ma femme l'a
fait placer, ce ne sera seulement que
pour en soustraire une assez forte somme, nécessaire au complément des fonds
de votre martingale, et..... — Allez,
allez, timide époux, ne soyez pas criminel à demi, si effectivement votre pu-
sillanimité vous suggère ici l'idée puérile que vous l'êtes dans cette précieuse
occasion ; en attendant votre prompt
retour, je commanderai à madame Bertault un déjeûner que Labassette nous
servira dans cette salle basse, ce qui

nous permettra de prolonger notre en-
tretien plus agréablement. En effet, à
la faveur d'un grand manteau, je revins bientôt chargé de la caisse, qui ne
laissoit pas que d'être d'un poids assez
embarrassant, mais dont le larcin n'exi-
gea de ma part aucune adresse, puisque
l'infortunée Élisa s'étoit rendormie.

Nous sablâmes bientôt le vin de Cham-
pagne, après le service d'un repas aussi
abondant que recherché ; et les fumées
du vin et des liqueurs ajoutant à l'aveuglement de mes premières illusions,
nous courûmes en voiture au Palais-
Royal, riches tous deux, Biribi-Hony
du fruit de ses escroqueries, moi, de
dépouilles sacrées, je veux dire, celles
d'une épouse qui, jalouse de mon honneur, avoit tout fait pour le rétablir, et
ne m'avoit apporté cependant que de
nouvelles armes pour l'anéantir et dans
ma propre opinion et dans la considé-
ration publique.

Pour éviter l'incommodité du poids

et l'embarras d'une cassette portée sous
le bras, nous montâmes de suite au bureau de la maison de prêt, qui existe
dans la galerie et au-dessus de la maison de jeu même du N.° 113, à l'effet
d'y convertir en argent la vaisselle et
autres bijoux pesans et volumineux;
car il est bon que le lecteur qui ne connoît ou ne soupçonne même pas l'existence de ce commode établissement placé sous les généreux auspices du N.° 113,
sache que cette *bienfaisante* maison de
secours est judicieusement organisée
près celle des jeux.

Une espèce de harem ou sérail monté sur le pied des mœurs françaises,
composé d'un essaim de jeunes femmes
qui singent la beauté, vont et viennent
sans cesse, comme je l'ai dit plus haut,
dans les avenues et même sur le parvis
de ce digne monument : ainsi le vice,
progressivement organisé, y varie à l'in-
fini ses moyens de corruption; une faute
amène insensiblement le germe et le dé-

veloppement d'une autre faute ; tout est
là soigneusement préparé et légalement
institué sous la main de l'homme qui
veut se ruiner et se déshonorer, et l'in-
vite, à l'appas des séductions les plus
dangereuses surtout pour la jeunesse, à
se perdre entièrement. Le délire, l'extrême gaîté qui m'animoient, gaîté un
peu voisine, je dois le dire, de l'ivresse,
me portèrent aussitôt à offrir une double offrande aux deux autres autels du
N.º 113, en louant au fond de mon cœur
les aimables fondateurs qui avoient,
comme à l'envi l'un de l'autre, pourvu à
tous les besoins de mes égaremens honteux ; car à peine sorti de la maison de
prêt, et échauffé, comme je l'étois, par
le feu des liqueurs dont Biribi-Hony m'a-
voit enivré par intention, je me familia-
risai insensiblement avec une prêtresse
qui me détermina, par des agaceries
dont la violence fit, comme d'usage, les
principaux frais, à pénétrer avec elle
dans le sanctuaire... Le respect que je

dois à mes lecteurs et ma propre honte
doivent m'arrêter ici ; mon intention n'a
été d'ailleurs que d'indiquer à peine ce
point de mes erreurs, où, séduit et en-
traîné de toutes parts, je marchois de
précipice en précipice, les pieds enfoncés
dans la fange du vice dont la pente m'é-
toit frayée par le jeu, source de tous les
débordemens de ceux qui s'y adonnent.

Je rejoignis bientôt Biribi-Hony, qui
paroissoit charmé de me voir abonder
dans son sens. — Allons, lui dis-je, nous
ne pouvons commencer nos valeureux
essais sous de plus beaux encourage-
mens : le Dieu du commerce d'un côté,
la cour de Cypris de l'autre.... Voguons
à pleines voiles dans ce charmant dé-
troit, nous aborderons bientôt au pays
d'Eldorado.

Connus tous deux comme d'illustres
pontes, il se fit entendre un murmure
flatteur à notre arrivée dans les salles ;
nous prîmes place, et déclarâmes hautement aux banquiers, d'un ton moitié

enjoué, moitié sérieux, les intentions
les plus hostiles ; nous plaçâmes nos bat-
teries devant nous, c'est-à-dire, une
quantité de rouleaux, et commençâmes
la fameuse martingale de Biribi-Hony,
à six francs de première mise, après
avoir toutefois laissé passer quelques
coups d'intermittences. Mais bientôt, fa-
tigués de préludes et d'essais qui retar-
doient la marche de nos grands desseins,
je voulus moi-même, blâmant l'art tem-
poriseur de mon tremblant partenaire,
fonder la martingale à un louis au premier coup. Jamais la fortune ne se trouva plus bizarre, plus rebelle à mon
égard, que ce jour fatal : la galerie vit,
en pâlissant, le coup le plus singulier,
le plus étonnant qui jamais peut-être
se signala dans les annales du jeu : une
série de vingt-deux à la noire contre
notre calcul problématique : ma dernière mise avoit été de cent vingt-huit
mille francs ; je la fis, l'œil égaré, dans
un état secret de convulsions, et la pâ-

leur de la mort sur le visage : tous les
spectateurs attendoient avec un sentiment de curiosité, d'effroi, et à-la-fois
de pitié pour moi, que le banquier fît le
jeu, tandis que, la figure collée dans
mes mains, et comme anéanti d'avance
du coup terrible qui alloit me frapper,
d'ailleurs rendu entièrement à la raison par les secousses terribles de mes
infortunes, je n'osois pas lever les yeux
sur l'échafaud que j'avois moi - même
dressé.... — Une exclamation univer-
selle sur ce dernier coup inoui, et un
bourdonnement qui annonçoit de l'é-
tonnement et de la pitié, m'apprirent
bientôt mon cruel destin. J'avois jusqu'alors joué avec un malheur incroyable. Le banquier annonce deux à
la noire, et les pontes sembloient déjà
se réjouir d'avance de voir que la fortune alloit enfin se lasser de me persé-
cuter. — Mais, ô sort épouvantable !
la rouge tire sur trente et amène un
as... Pendant cette scène muette, Biribi-

Hony s'étoit évadé, présumant, avec
trop de raison, que j'allois l'accabler de
reproches, et peut-être le déchirer de
mes propres mains, s'il ne s'étoit enfui :
je demeurai donc seul en proie au désespoir le plus cuisant ; je n'entendois
plus le banquier ni plusieurs pontes de
distinction qui m'offroient leurs conso-
lations, et même un Anglais, Milord***,
des fonds assez considérables, pour
prendre ma revanche. Si quelque arme
alors fût tombée sous ma main, je n'é-
crirois certainement pas mon histoire
aujourd'hui : mes esprits, agités comme
un volcan, me brûloient ; j'étois impatient de me dérober au supplice de vivre ; je savourois le projet de ma pro-
chaine destruction, comme l'unique remède à mes maux, et je me rendois
trop de justice pour oser aller profaner
l'asile de madame de Sélicourt : ma personne ne devoit plus souiller le lit nup-
tial ; et, quoiqu'Élisa devoit être alors
dans une mortelle inquiétude sur mon

sort, je me jugeois indigne de paroître
devant la vertueuse, l'infortunée de Sélicourt, qui, par mes infamies, retom-
boit dans l'indigence dont son héroïsme
l'avoit pour quelques instans sortie. Je
ne me considérai plus que comme un vil
et infidèle dépositaire, coupable d'un
attentat affreux à des biens qui n'étoient
pas les miens, me déclarant indigne des
noms sacrés d'époux et de père, et faisant le serment d'arracher à la société,
par un exemple terrible, un monstre qui
la souilloit. C'est, occupé de ces rêveries sinistres et me promenant à grands
pas dans les avenues du Palais-Royal,
que je rencontrai Labassette qui me
cherchoit de tous côtés de la part de madame, et s'étoit mis à ma recherche depuis plusieurs heures avec quelques gar-
çons de l'hôtel. Sa maîtresse, en proie
à des transes horribles, lui avoit ordonné de ne pas reparoître devant elle
sans me ramener avec lui. Le maraud
m'informa que madame de Sélicourt

avoit témoigné, à son lever, de tendres
inquiétudes sur mon absence ; il m'avoit
justifié long-temps, en l'assurant que je
causois dans une salle basse avec une
personne d'un extérieur fort respectable : mais quel fut l'étonnement, la stu-
péfaction, l'anéantissement de madame
de Sélicourt, me dit Labassette, quand,
voulant régler le mémoire d'une mar-
chande de modes qu'elle avoit fait appeler, elle chercha vainement sa cassette, dont la disparition donnoit aussitôt la clef de l'énigme de ma fuite frau-
duleuse : sa pâleur soudaine annonça
aussitôt un évanouissement où elle fut
long-temps entre la vie et la mort ; une
attaque de nerfs des plus violentes termina cette crise dont j'étois la cause criminelle ; ce ne fut qu'à l'aide des alkalis
qu'elle reprit peu-à-peu ses sens dans
les bras de madame Bertault, qu'on
avoit appelée à son secours. Devant
cette dame, suivant ce que me rapporta
encore mon valet de chambre, son in-

dignation avoit été telle, qu'elle avoit blâmé hautement ma passion pour le jeu; et, racontant le nouveau trait d'ingratitude que je venois de commettre, elle attribua à une parfaite hypocrisie les caresses dont j'avois affecté de la combler avant l'exécution de cette noirceur : le ciel et le lecteur me seront cependant témoins que, sans les instigations de Biribi-Hony, je ne commettois pas ce nouveau forfait, et que les témoignages d'amour que j'avois donnés la veille à Élisa étoient aussi doux pour moi, qu'ils étoient sincères; mais, tel est précisément le sort d'un homme coupable, ses meilleures actions se trouvent désavouées par l'impression de ses mauvaises, et l'on ne croit plus un menteur, même quand il dit la vérité. Enfin, termina Labassette, la douceur naturelle du caractère de madame de Sélicourt s'étoit singulièrement démentie dans cette circonstance, ce qu'on ne pouvoit attribuer, se permettoit-il d'a-

jouter, qu'à ma conduite extraordinaire.
C'est assez, lui dis-je, ne me tourmente
pas davantage, je n'ai pas besoin d'un
second bourreau, je ne me suffis que
trop. — Mais, monsieur, ajouta-t-il,
je vous en supplie, venez consoler madame de Sélicourt, car elle est capable
de mourir de désespoir cette nuit; dans
son état de grossesse, votre absence
peut lui porter un coup mortel. Non,
Labassette, tu me parles en vain; je
soutiendrois, je crois, avec moins d'a-
baissement les yeux de l'Éternel que
ceux d'Élisa : cherchons, si tu ne veux
me quitter encore, un refuge pour cette
nuit; j'ai une dernière lettre à écrire à
madame de Sélicourt, un dernier adieu,
un dernier soupir à exhaler pour elle,
et, ce devoir rempli, c'en est fait de moi.
Labassette, qui avoit un grand fonds d'attachement pour son maître, chercha à
m'éloigner de ce sinistre dessein, en me
rappelant que M. de Vaubigny ne tar-

deroit sans doute pas à envoyer du Lan-
guedoc de nouveaux fonds, ou à venir
lui-même ; mais j'étois trop profondément enfoncé dans mes noires réflexions
et trop abîmé dans les apprêts de mon
suicide, pour donner quelque attention
à ses discours ; je ne lui répondis que par
l'expression du plus morne silence. Enfin, après quelques démarches, nous
trouvâmes, rue des Colonnes, une
chambre garnie, avec un cabinet et deux
lits, qui ; assez voisine des mansardes,
se trouvoit contiguë à plusieurs cham-
bres de poëtes et de joueurs, comme je
l'appris d'une servante indiscrète qui
vint préparer notre chambre, toutefois
après que le prix de la première quinzaine en fut payé d'avance par mon valet de chambre, qui heureusement avoit
quelque argent sur lui.

Le chapitre suivant présentera le fidèle exposé des nouvelles vicissitudes
que j'essuyai : si je mets quelque inter-

ruption dans mes aveux, je fus trop coupable, je le confesse, pour qu'il y en
eût jamais dans mes remords comme
dans mes tourmens.

———

CHAPITRE VIII.

Conversation avec un poëte rapsodiste. Liaisons avec un joueur d'une nouvelle espèce.

Mon valet de chambre me fit essuyer de nouvelles importunités pour que je consentisse à prendre quelque nourriture ; pour le satisfaire, je feignis de goûter à quelques cuillerées de riz dont il avoit apporté un potage ; mais, pour prix de ma complaisance, j'obtins de lui, et de suite, de l'encre et du papier, sur lequel je traçai à Élisa (souvent effacée par mes larmes) une sincère confession de mon indigne conduite, l'expression de mes mortels regrets, de mes remords, en lui déclarant à-la-fois que je me faisois à moi-même la justice de me croire indigne de revenir près d'elle ; et, tout en lui faisant de nouveaux sermens d'a-

mour et de fidélité , dans un style qui se
ressentoit du désordre de mes sens et de
ma vive affliction, je la conjurois de se
considérer comme veuve , et de cesser
de désirer le retour d'un homme en-
traîné à sa perte par un fatal destin. J'en-
fermois dans cette triste missive mille
tendres embrassemens pour Élisa et
mon cher fils Adolphe, comme les derniers, même imaginaires, que je don-
nerois à la plus aimable et à la plus vertueuse des épouses, et j'ordonnai aussitôt à Labassette, quoiqu'il fût déjà tard,
d'aller mettre ma lettre à la petite poste.
Ensuite, me jetant tout habillé sur mon
lit, où il me fut impossible de prendre
aucun repos, livré comme je l'étois au
plus profond désespoir, je m'abandon-
nois à mes funestes pensées ; j'en fus
bientôt distrait par le bruit d'un poëte-
mendiant et de plusieurs joueurs, mes
voisins, qui rentrèrent à une heure indue, les uns en haranguant les escaliers
de leurs imprécations contre la malen-

contreuse fortune; l'autre, et c'étoit le poëte rapsodiste, en récitant, d'un ton emphatique et pompeux, une Ode sur les délices de la table et les douceurs de l'opulence. La foible cloison qui nous séparoit me permit d'entendre, comme malgré moi, ces platitudes. Une heure après, lorsque tout paroissoit enseveli dans le sommeil autour de moi, un autre bruit plus singulier troubla mon repos; c'étoit comme l'effet de gros meubles qu'on déplace : fatigué de cette nouvelle incommodité, je me déterminai à profiter de ma lumière qui brûloit encore, et j'allai prier mon indiscret voisin de remettre au lendemain ce que je jugeai être les apprêts de son déménagement. Que vis-je en poussant sa porte entr'ouverte !.... une quantité de bûches éparses dans sa chambre, et ce joueur original (car c'en étoit un) cherchant d'une main avide et avec une attention scrupuleuse quantité de pièces d'or qu'il avoit, me dit-il, jetées dans

une pile de bois. Je comprenois fort peu
la nécessité et l'idée de faire d'une voie
de bois son coffre-fort; bientôt lui-même, pour se justifier de l'importunité
qu'il me causoit, comme voisin, m'ex-
pliqua les motifs de ce trait d'originalité
de sa part, et ne me dissimula pas que
ç'étoit sa manie.

Cet épisode se rattachant naturellement à une petite galerie de nouveaux
tableaux que je veux mettre sous les
yeux du lecteur, je le joindrai à la partie suivante de mon histoire.

CHAPITRE IX.

Ce que c'étoit que la manie de ce joueur original. Indiscrétion du poëte-rapso-diste.

Vous voyez en moi, me dit ce singulier personnage, Alphonse de Dombreuilles, l'unique héritier d'une des
premières et plus anciennes maisons
de France : votre qualité de voisin, la
confiance que votre air et vos manières
m'inspirent, et plus que ces favorables
considérations, le récit que notre hôtesse m'a fait des catastrophes que vous
avez essuyées au jeu, communication
qu'elle tient en partie de votre valet de
chambre et d'un de mes intimes qui fut
présent aujourd'hui à votre célèbre et
malheureuse séance du N.º 113 ; tous
ces motifs réunis qui, dans leur sens,
ont une grande analogie avec les évé-

nemens de ma vie, me portent à me
faire connoître à vous, qui cessez d'être
étranger à mes yeux. Et pourquoi d'ailleurs cacherois-je mes folies, mon nom?
mes prodigatiés ne l'ont-ils pas rendu
célèbre dans tout Paris ?....... Dans la
passion du jeu se trouve renfermée
toute mon histoire. Méconnu désormais
de mes plus proches parens, isolé de ma
famille entière, il ne m'est pas plus per-
mis de compter sur leurs secours que sur
leur estime ; ayant dissipé une fortune
immense, je n'en suis pas moins pas-
sionné que jamais pour le jeu, qui est
devenu mon unique idole. Vous pouvez
bien vous imaginer d'ailleurs, mon cher
voisin, continua-t-il, en fermant la
porte et en m'offrant une chaise, que
j'ai fait maints efforts pour détruire en
moi cette fureur invincible ; mais voyant
qu'ils seroient inutiles, je l'ai en quelque sorte rendue, par résignation, l'ar-
bitre de mes destinées, ainsi que tribu-
taire de la fidélité que je lui ai vouée.

De cette profession (car j'en ai fait une
de jeu) je tire mes uniques moyens
d'existence ; et, à l'imitation de ce fameux roi de Pont, Mithridate, qui sut
s'habituer à prendre du poison sans danger, de même, le jeu, qui, j'en conviens,
est l'antidote le plus actif pour anéantir
dans l'homme tout sentiment de vertu,
est devenu cependant le principal élément de ma fortune, sans qu'il ait jamais porté de fortes atteintes à ma probité. Les torts que je me suis faits ne
vont pas au-delà de moi. (Ici, par retour sur moi-même, je soupirai amèrement.) Tantôt chargé des dépouilles du
trente-un, tantôt rendant à ce tyran capricieux tout le produit de ses largesses
de la veille, je passe souvent, en un
jour, de l'extrême aisance à l'extrême
misère : ces flux et reflux ne m'affectent
en aucune manière, c'est mon état, c'est
mon devoir, et, de même que le matelot
est souvent insensible aux tempêtes,
j'essuie les bourrasques de la fortune

d'un front impassible, persuadé de jouir
bientôt de ses retours capricieux ; lorsqu'elle m'est favorable, voilà le temple
auquel je sacrifie, me dit-il, en me mon-
trant une pile de bois placée près d'un
petit secrétaire, et à moitié écroulée, j'y
jette quatre-vingt ou cent louis, selon
le gain que j'ai fait ; les pièces d'or tom-
bent çà et là, et, pour ainsi dire, se dé-
robent dans la sciure et les fentes du
bois : le jeu m'est-il devenu contraire,
je commence aussitôt mes recherches,
et j'y retrouve éparses les pièces d'or
que j'ai ensevelies dans cette espèce de
dédale, si ce n'est, comme on peut se
l'imaginer, une certaine quantité qui se
soustrait à la vue et exige de ma main
impatiente le déplacement presque général de toutes les bûches. Jugez de ma
joie, monsieur, me dit-il avec feu, de
mon enthousiasme, de mon délire, lorsque je parviens, à force de perquisi-
tions, à surprendre quelques louis qui
s'étoient comme esquivés. Il est vrai,

poursuivit-il, que cette originalité, car j'avoue que c'en est une, me coûte un véritable travail; mais la jouissance, les émotions délicieuses que j'en retire, le dépassent mille fois. Souvent désespéré, sans crédit, même pour ma table, je me crois sans ressources, et, les ayant toutes épuisées, il ne me reste que celle de me détruire..... Cependant je tente encore un dernier et plus scrupuleux examen dans toutes les sinuosités de mon coffrefort.... combien alors mon cœur palpite de plaisir et de la douce surprise qu'il éprouve! ô découverte enchanteresse!.. la rainure d'une bûche, un petit amas de poussière recéloient encore un double louis qui s'offre à moi avec toutes les grâces d'un bienfaiteur inespéré, qui ne paroît s'être soustrait à ma cupidité que pour ajouter un nouvel attrait à sa valeur. Je ne vous le dissimule pas, continua-t-il, j'ai beaucoup de peine à déranger presque chaque jour, et souvent la nuit, tout cet échafaudage; et les au-

tres locataires, ainsi que vous l'avez fait,
ne s'en plaignent que trop , quoique ce
motif m'ait procuré l'honneur de votre
visite : mais que voulez-vous ? telle est
ma marotte, chacun a la sienne ; ce mon-
ceau de bois est pour moi un puits de délices , un dépositaire incorruptible : la
superstition des anciens ne trouvoit dans
leurs oracles que des augures incer-
tains ; pour moi , je retrouve la réalité
dans le fond de ma singulière caisse.

Je ne pus m'empêcher de sourire de
pitié d'un ridicule aussi complet ; cependant, comme je ne laissois pas que de
découvrir dans ce joueur de profession
des originalités et des systèmes dont il
me sembloit déjà , dans ma folle imagination, que je pourrois tirer quelque
utilité par la suite, il m'intéressa assez
vivement ; ensuite ma conscience en
recueilloit quelque calme, car je me
justifiois à mes yeux de mes propres
égaremens, sur l'exposé des siens, en
attribuant, comme lui, à la fatalité, la

fougue irrésistible qui m'avoit, dès l'enfance, porté à jouer ; je lui offris donc mon amitié, en l'instruisant, par une confession succincte de mes actions, qu'il y avoit, à quelques nuances près, quelque ressemblance dans nos inclinations et nos destinées. Dès-lors je me figurai, applaudi en cela par M. Dombreuilles, que ce seroit en vain que je tenterois de résister à l'influence impérieuse de mon étoile ; je résolus donc de m'y abandonner sans réserve, puisqu'en avoient ainsi ordonné les Dieux ; de plus, je jurai de faire divorce avec toute la nature, de fouler aux pieds les titres de père et d'époux, et de n'écouter que les suggestions d'une passion et d'un fanatisme qui se jouoient de tous mes ébats pour en étouffer en moi le germe. J'allai jusqu'à en prêter, entre les mains de M. Dombreuilles, l'insensé et honteux serment. Vous ne paroissez pas plus que moi, lui dis-je, désirer vous livrer au sommeil ; hé bien, jouons dans ce petit réduit qui

est la véritable cellule du joueur : effectivement, tout y respiroit la passion du
jeu, par des emblêmes analogues, par
la tapisserie composée uniquement de
cartes assemblées ; la couverture même
de son lit étoit un tapis vert marqué de
la rouge et la noire, qui provenoit sans
doute d'un présent que lui avoit fait
quelque banque enrichie et reconnois-
sante de sa constante ferveur et des fréquens sacrifices qu'il avoit faits à ses
autels.

Le jour nous surprit les cartes à la
main ; mais nous avions joué, moins
par intérêt, que pour combiner divers
coups, et comme deux acteurs qui ré-
pètent une scène difficile ; nous conclûmes cette première entrevue par nous
jurer une amitié éternelle, et de mettre
fidèlement en commun le produit de nos
talens et de nos différentes spéculations.
Il étoit déjà grand jour, et j'allois me
retirer, quand nous entendîmes de nouveau le poëte famélique récitant ses

poésies. Il apostrophoit en vers alexan-
drins l'aurore et l'astre brillant du jour :
nous frappâmes du pied, pour lui indiquer qu'il devoit faire moins de bruit ;
mais il se crut appelé, et, loin de connoître la véritable expression de notre
impatience, il vint dans un costume fort
grotesque nous demander s'il pouvoit
nous être agréable en quelque chose.
Sans lui dire la cause de l'ennui qu'il
nous avoit causé, et voulant nous en
amuser un peu, nous engageâmes la-
conversation sur les belles - lettres. Je
n'ai dans le moment sur le métier, nous
répondit-il, que les canevas de deux
tragédies, d'un mélodrame, cinq odes et
trois romans : le dernier aura, je pense,
quelque vogue ; j'y ai même entremêlé
quelques scènes licencieuses, afin que,
poursuivi par la police, il ait l'honneur d'être vendu sous le manteau. A
ces mots, il déroula un fatras d'in-folios,
et commençant un chapitre fort prolixe,
il se préparoit à nous poursuivre et à

nous martyriser de sa prose et de ses
vers, lorsque je lui fis observer que la
situation particulière où je me trouvois
me permettoit peu de prêter une grande
attention aux élégies et aux malheurs de
ses héros imaginaires ; sur quoi il me
pria, si toutefois il ne commettoit pas
une indiscrétion par l'expression de ce
désir, de lui raconter succinctement les
principaux faits de ma vie (surtout les
plus romanesques), qu'un véritable intérêt de sa part lui faisoit souhaiter de
connoître. Je jugeai qu'il seroit ridicule
de le refuser entièrement ; ne me proposant d'ailleurs que de lui tracer à grands
traits la peinture des événemens géné-
raux de ma vie, et de ceux qui n'offroient aucune confidence intime. Que
faisoit cet obscur plagiaire pendant
mon récit ? Muni d'un crayon, il recueilloit, par le procédé de la sténogra-
phie, l'exposé de mon histoire. — Que
faites-vous donc ? malheureux romancier, lui dis-je, en le prenant sur le fait.

— Ah ! quel dommage, s'écria-t-il,
M. de Sélicourt, qu'il n'y ait pas un degré d'infortune de plus dans vos aventures, vous m'auriez fourni un héros et
à-la-fois un roman tout entier, que j'aurois intitulé : le JOUEUR-NÉ ! — Que la
foudre vous écrase ! ne puis-je m'empê-
cher de m'écrier, mes calamités doi-
vent-elles être prostituées et mêlées
avec vos rapsodies ?... Je ne pouvois revenir de mon dépit et de l'audace de cet
embryon de littérature qui concevoit
des spéculations littéraires dans mes
propres confidences, et, loin d'y être sensible, ne se suffisoit pas, pour son propre compte, du nombre de mes adver-
sités, attendu que le goût du siècle étoit
très-passionné, disoit-il, pour les situa-
tions forcées et les coups d'intrigues ex-
traordinaires. Quittez cet original, me
dit à l'oreille Dombreuilles, et venez
avec moi. Laissant donc Labassette encore au lit, nous gagnâmes la rue Dau-
phine : là, dans une maison d'amateurs

choisis, nous fîmes en peu d'heures, à
compte à demi, un bénéfice de deux
cent trente-six louis. Nous partageâmes
fidèlement, suivant les conditions de
notre traité : mon associé me conseilla
de m'en tenir là ; lui-même se rendit de
suite chez sa maîtresse, pour lui porter
quelque argent ; ce qui ne lui arrivoit,
m'avoua-t-il, que trop rarement ; il étoit
impatient de remplir ce devoir, que son
cœur et la gêne où elle se trouvoit ren-
doient plus impérieux encore.

Cette bonne action, qui me rappela
mes propres obligations, réveilla tous
mes remords, me causa les réflexions
les plus douloureuses, et me fit céder
aussitôt à un beau mouvement : Oui,
vertueuse et infortunée Élisa ! je veux
retourner de suite auprès de toi, me
jeter à tes genoux, et, dans cette hum-
ble posture, ton criminel époux atten-
dra à tes pieds l'arrêt que ta charmante
bouche prononcera ; je ne me releverai
enfin qu'après avoir reçu ou la vie ou
la mort....

Je descendis donc avec Dombreuilles; ma ism'apercevant dans la rue, où je cherchois des yeux un cabriolet pour me faire conduire de suite rue de Cluni, que je n'avois que de l'or, je jugeai fort inconsidérément qu'il me falloit remon-ter aux jeux, pour demander au ban-quier de me changer un louis. Avant d'entrer dans les salles, parbleu, me dis-je, je veux m'enchaîner moi-même, et, me préservant de ma propresé duc-tion, me mettre dans l'impossibilité de courir de nouveaux hasards. A cet effet, je jetai dans mes bottes les cent dix-huit louis que m'avoit remis M. Dom-breuilles, à l'exception d'un seul mis de côté, pour être échangé contre de l'ar-gent blanc ; je m'avance donc de nou-veau, bien prémuni contre les attaques du jeu : mais, le dirai-je à ma honte, loin d'inviter le banquier à me donner de l'argent blanc, comme je me l'étois d'abord proposé, je le mis au contraire en pleine roulette sur un numéro que

la galerie disoit âgé au moins de cent
cinquante-huit tours de cylindre ; plusieurs autres pontes le poursuivoient
également, persuadés qu'il devoit sortir
dans cette séance même. Ce maudit numéro, malgré mon nouveau projet d'a-
mendement, ranima donc en moi un feu
mal éteint. Toujours acharné à ma ruine, sous telle forme qu'elle s'offrît, je
sortis, mais avec la détermination de ne
risquer que quatre à cinq louis : je dus
préalablement ôter dans l'anti-chambre
une de mes bottes, pour les en tirer ;
ils eurent le même sort que le premier
louis : ce numéro, inutilement garni, me
fit faire successivement, pour me venger des deux premiers affronts que j'en
avois reçus, plusieurs voyages de l'anti-
chambre aux tables de jeux et des tables
de jeux à l'anti-chambre, où mes bottes,
alternativement ôtées et remises, cessèrent bientôt d'être comptables de l'or
qui leur étoit confié ; les cent dix-huit
louis furent entièrement dispersés par

14

ce ridicule et sot manège, dans lequel j'eus la peine et l'ennui de me débotter vingt fois : et pourquoi atteindre en définitif ?... au détestable résultat de rester sans un écu, pas même de quoi payer un misérable fiacre.... Pensif et navré de tristesse, je revins donc à pied, dirigeant mes pas vers la rue des Colonnes et mon dernier logement, devant renoncer au dessein louable que j'avois conçu d'abord, de chercher, par les marques d'uu sincère repentir, à obtenir mon pardon de ma belle Élisa : j'étois trop dégradé à mes propres yeux, après ce nouvel écart, pour oser me présenter aux siens, couvert de honte et d'ignominie, et sans rien posséder qui pût alléger la misère dans laquelle je venois de la plonger, par un larcin infâme, l'enlèvement de sa cassette.

Le premier être qui se présenta à moi, lorsque j'allois monter à ma chambre, fut Labassette, qui offroit dans son maintien les marques d'une secrète agitation et d'une affliction profonde : à peine m'aperçut-il, que, s'empressant de cacher une lettre timbrée d'un cachet noir, il s'efforça d'affecter une sérénité et un calme que tout démentoit en lui; les signes que lui faisoit encore la portière de l'hôtel, qui alors survint, ne me laissèrent plus de doute qu'il se passoit quelque chose de mystérieux, dont l'éclaircissement porteroit sans doute de grands coups à ma sensibilité, en m'annonçant un nouveau malheur. En conséquence, plein d'une brûlante inquiétude, que la pantomime de mon valet de chambre et de cette portière m'avoient inspirée, j'arrachai des mains de Labassette cette lettre qui me présageoit la plus terrible des infortunes. A peine l'eus-je parcourue, que, me sentant défaillir, je serois infailliblement tombé à la renverse, sans le secours des deux personnes que j'avois près de moi. — Suspendons encore ici la communication que je dois au lecteur de cette affligeante catastrophe, pour prendre de nouvelles forces que les derniers revers que j'ai à lui faire connoître ne nécessitent que trop, et dont le dixième et dernier chapitre contiendra l'exposé.

CHAPITRE X.ᵉ ET DERNIER.

*Fin tragique d'Élisa et d'Adolphe,
mon fils. Arrivée de M. de Vaubigny.
Trait généreux de M. Lorwey, mon
premier précepteur. Je suis déshérité
par mon père et accablé de sa malé-
diction. Incarcération de Biribi-Hony,
et Conclusion.*

APRÈS avoir repris mes sens, au
moyen des esprits qu'on me fit respirer,
j'ordonnai à Labassette de me rendre
cette lettre fatale qu'on m'avoit dérobée
pendant mon évanouissement. Quelle
nouvelle horreur mettoit le comble à
mes calamités ! Voici en propres termes
ce que m'écrivoit madame Bertault, car
c'étoit cette dame qui s'étoit chargée du
triste ministère de m'annoncer la mort
tragique de mon épouse et de mon fils.

Paris, le....

MONSIEUR,

« Madame de Sélicourt, après quel-
« ques heures d'une douloureuse ago-
« nie, vient de succomber à la suite
« d'un avortement très-douloureux. On
« ne peut se dissimuler que votre der-
« nière lettre, la connoissance trop
« brusque qu'elle a eue de vos derniè-
« res pertes au jeu, et votre absence
« surtout, l'ont précipitée au tombeau.
« Votre fils, d'un âge trop tendre, at-
« taqué d'une fièvre qu'il avoit gagnée
« dans le voisinage de sa mère, l'a pré-
« cédée de peu d'instans. M. Lorwey est
« ici, et, en attendant que vous parois-
« siez, dispose tout pour rendre les
« derniers devoirs à ces deux infortu-
« nés. Je me flatte d'avoir pris tous les
« ménagemens possibles pour vous
« faire remettre cette lettre, et que votre

« valet de chambre, que j'ai fait décou-
« vrir, prévenu par mes avertissemens,
« aura employé tout ce que commande
« une situation aussi délicate, pour vous
« préparer à la double catastrophe qui
« vient de vous frapper. Il ne m'appar-
« tient pas, Monsieur, de vous commu-
« niquer ici mes réflexions et mes sen-
« timens particuliers sur ce funeste évé-
« nement, votre douleur doit être assez
« vive, sans que je prenne la liberté de
« faire remarquer qu'elle prend unique-
« ment sa source dans vos erreurs et
« votre abandon de la plus aimable,
« comme de la plus vertueuse des fem-
« mes. M. Lorwey a reçu comme moi
« ses dernières paroles et son dernier
« soupir; son amour pour vous, Mon-
« sieur, a respiré jusque dans ses der-
« niers momens. Ne deviez-vous pas y
« assister, en présumant, à trop juste
« titre, que le dernier trait dont vous
« vous êtes rendu coupable envers elle
« porteroit indubitablement atteinte à

« sa vie ?....... Pardonnez, Monsieur,
« ma franchise, l'intérêt que j'ai témoi-
« gné à madame de Sélicourt jusqu'au
« dernier instant m'a acquis le droit
« de parler de la sorte. Mais à quoi
« peuvent servir maintenant les re-
« proches et les conseils ? n'êtes-vous
« pas dans la situation d'un homme qui,
« à tous égards, a fait des pertes irré-
« parables ?... Vous en essuyez une troi-
« sième, suivant ce que m'a communi-
« qué M. Lorwey qui arrive du Lan-
« guedoc. M. votre père a succombé à
« sa maladie ; on assure que la connois-
« sance qu'il a eue de votre conduite à
« Paris a avancé ses jours, et qu'il les
« a terminés en vous donnant sa malé-
« diction, après vous avoir déshérité.
« Je finis, Monsieur, en vous suppliant
« de venir sans délai prendre part au
« douloureux fardeau qui pèse sur nous
« tous et qui devroit peser sur vous
« seul. »

 « J'ai l'honneur d'être, votre affligée
servante,   veuve BERTAULT. »

Que devins-je à la lecture de cette
lettre ! un criminel qui entend pronon-
cer sa sentence de mort a-t-il jamais
été plus attéré que moi ?... Prenant donc
congé de Dombreuilles, qui étoit surve-
nu, et que je priai de régler mon compte
avec l'hôtesse, je me jetai dans une voiture avec Labassette. Lorsque nous ap-
prochâmes du quartier de la Sorbonne,
j'entendis le timbre funèbre d'une clo-
che qui annonçoit des funérailles......
Grand Dieu ! c'étoient celles d'Élisa et
d'Adolphe ; et leur meurtrier arrivoit à
l'instant même pour s'en repaître !......
Quels remords ! quelle douleur atroce !
Dans le délire de mon affliction, l'image
séduisante de ma chère Élisa m'appa-
roissoit alors avec toutes les grâces qui
formoient son cortége ordinaire, et mon
repentir en devenoit plus cuisant. Enfin,
arrivés à la porte de l'hôtel, madame
Bertault et M. Lorwey, ainsi que M. de
Vaubigny, s'y présentèrent dans un
morne silence pour m'y recevoir. Sou-

tenu de Labassette, l'on m'introduisit
dans cette même salle basse où Biribi-
Hony avoit achevé de me perdre. Une
seconde défaillance, où mon cœur
sembloit être devenu la proie de toutes les tortures imaginables, s'em-
para de moi; je n'obtins de ces Messieurs qu'après les plus vives prières
la permission de donner un dernier baiser aux deux intéressantes victimes,
sous la condition, ajoutèrent-ils, qu'ils
y seroient présens. Cette dernière condition fut très-prudente, car probablement, étant seul, je me serois saisi de
quelque arme, et, pour venger ces deux
anges, j'aurois puni doublement en moi
un criminel époux et un coupable père.
Je déposai avec mes brûlantes larmes un
baiser ardent sur les lèvres d'Élisa, qui
paroissoit sommeiller et jouir du repos
de la vertu; mon fils fut couvert de mes
caresses; j'allois même, au milieu de
mes sanglots et de mon désespoir, presser ces deux êtres charmans dans mes

bras, sur mon cœur déchiré, et tâcher
de respirer sur leur bouche décolorée
la mort que recéloit leur sein, lorsque
MM. Lorwey et de Vaubigny, s'apercevant du désordre de mes sens et de
l'espèce de fureur qui s'étoit emparée de
moi, m'enlevèrent de l'appartement, à
l'aide des domestiques; je me rappelle
encore que ma tendresse réclama une
boucle des cheveux d'Elisa, que madame Bertault alla de suite lui couper; j'exi-
geai également que les bijoux qu'elle
portoit ordinairement à ses belles mains
me fussent aussitôt remis : ma mémoire ne m'offre le reste de cet événement que comme une nuit affreuse ; car,
perdant de nouveau connoissance près
de M. de Vaubigny, qui eut la cruauté
de me faire quelques reproches ; je passai de cet état à celui d'une démence
complète. J'appris, en recouvrant la
raison quelques mois après, à Montpellier, que M. Lorwey avoit religieusement
fait rendre les derniers devoirs à mon

épouse et à mon fils, avoit satisfait à toutes mes créances, de concert avec M. de Vaubigny, et avoit contribué à l'incarcération de Biribi-Hony, qu'ils firent condamner aux galères, en reproduisant de nouveaux traits d'escroquerie dont il avoit depuis rendu victimes d'autres étrangers inexpérimentés.

Mais c'est vainement que MM. de Vaubigny et Lorwey cherchent depuis plusieurs années à dissiper dans mon esprit les funestes idées, les souvenirs déchirans qui m'assiègent : la délicatesse de leurs soins, de leur dévouement à mes intérêts, qui a été jusqu'à me faire obtenir ma réintégration dans les biens de feu M. de Sélicourt; le choix et l'acquisition qu'ils ont fait en mon nom d'une maison de campagne près Montpellier, où l'art et la nature ont uni leurs ressources, et toutes les diversions agréables qu'ils ont cherché à me causer, n'ont jamais affoibli mes douloureux regrets ni les tourmens de ma conscience : pour charmer ma douleur, j'ai fait ériger dans un temple consacré à la vertu malheureuse, et masqué dans mon jardin par des saules pleureurs, le tombeau d'Elisa ; un bas-relief l'y représente ayant son fils étendu à ses côtés ; la légende en lettres d'or porte :

AUX TOUCHANTES VICTIMES DU JEU.

Voilà maintenant quels sont et mon nouveau culte et mes nouveaux Dieux. Je les adore, je les pleure, et mes larmes intarissables sont mes offrandes. On m'a déjà présenté de nouveaux partis assez brillans, mais j'ai fait serment d'expier mon crime et d'appaiser la mémoire d'Elisa par une éternelle renonciation au monde. Telle est la dernière situation dans laquelle je m'offre au lecteur ; j'ose espérer qu'il me pardonnera le scandale que mes égaremens ont pu lui causer ; je crois que les CATASTROPHES DU JEU lui fournissent,

15

dans mes malheurs, un exemple assez
frappant, sans lui faire sentir davantage
la nécessité de fuir les maisons de jeux
comme les plus grands ennemis du repos, de la réputation et de l'honneur.

FIN.

TABLE

DES CHAPITRES.

b